U0130988

INK

文學叢書

258

藥樓近詩

張夢機◎著

自序

張夢機

就詩的創作而言，作為一個現代人，即使是作傳統詩，也應該表現新的思想，新的內容，因此就不能避免用新詞彙，這是毋庸置疑的。而事實上，詩中採用新詞彙，清人黃遵憲即有此主張，同時在他的《人境廬詩草》中，也貫徹了此一主張。另外，晚清陳散原的詩，素稱嚴謹精鍊，但集中新詞彙也不少，可見所謂「新詞彙入詩」，前輩先生早已行之有年了。

不過，在這裡，我想補充說明一點：運用新詞彙並不如想像中那麼容易，有時反而比不用還要難做。因為，新詞彙固然可以加強詩的時代性、現代感，但也很容易斲傷傳統詩的古雅性。譬如：「機車撲撲滿街跑」、「打開電視有冰箱」，這兩句之壞，是壞在太俗，而造成太俗的原因，即在於不能恰如其分的運用新詞彙。這樣看來，視新詞彙為蛇蠍，固然是無謂的恐懼，但濫用新詞彙，也是不必要的炫耀。

儘管使用新詞彙入詩不很容易，但假如真是一位作者的話，就應該積極地克服它，而不是消極地躲避它。因此，現在真正的問題是：新詞彙入詩如何才能夠不悖傳統詩「雅馴」的原則，也就是說，如何才能使這首詩既富於時代性，又同時保有古雅性。要達到這個目的，我以為在運用新詞彙的同時，也必須留意上下文的搭配與結構，更清楚點說，用了一個新詞彙之後，必須在上下文中，搭配一些典雅的詞彙或經史的故實，作為調和，我想只要精心結構，經營得法，一定能造成雅俗之間的平衡。

詩例都是現成的，像陳散原〈過陳善餘編譯局〉詩第的二聯：「世變已成三等國，吾儕猶癖一家言。」「三等國」在清末民初算新名詞，「一家言」出《史記》太史公自序：「略以拾遺補藝，成一家之言。」經過這樣搭配，便不覺礙眼。我們試看寶相莊嚴的古寺，在法鼓梵磬、經典木魚之間，略加幾盞日光燈、

幾對電蠟燭，何嘗有一點不調和的跡象？我們如果要在傳統詩中運用新詞彙，就必須先明瞭這個道理。

這本詩集彙輯了我最近三年的作品，其中部分詩作，都曾選用新詞彙入句，希望能「賦古典以新貌」。至於我在傳統詩中驅遣的新詞彙，究竟是像美人鬢邊增加嫵媚的黑痣，還是像屠沽兒鼻端傖俗可厭的贅疣？那就得讓讀者有以教我了。

本詩集承蒙張大春、初安民兩位賢弟協助付梓，特此一併致謝！

詩人簡介

張夢機

民國三十年生，祖籍湖南永綏，生於四川成都，長於台灣高雄。台灣師範大學國文研究所畢業，獲國家文學博士。曾任中央大學中文系主任、中文研究所所長、校長室主任秘書、總務長、中國古典文學研究會理事長等職。民國八十年罹患中風，八十八年自中央大學退休。著作有《詞律探源》《詩學論叢》《師橘堂詩》《鯤天吟稿》等二十餘種。

張先生除在中國傳統詩學及詞學上卓有深詣，栽成甚眾外，並為當代最負盛名的古典詩人之一，曾於二十六歲在台北市聯吟大會中掄元，民國六十八年以《師橘堂詩》獲中興文藝獎章，同年又以《西鄉詩稿》獲中山文藝獎。自幼耽於吟詠，十七歲即從父執鄒滌喧先生學詩，入大學後，拜入李漁叔教授門下，

並請益於吳萬谷先生。漁叔先生為當時詩壇祭酒，從學十載，盡得其私祕，可謂衣鉢相傳。其學習過程，先是專攻李商隱，揣摩其雅馴之字法、跳動之句法及跌宕之章法。有此基礎，再沉潛於兩宋諸家。中年以後，由於閱歷漸豐，轉嗜杜詩之沉鬱頓挫，並取法晚清「同光體」，破除唐、宋藩籬之爭，而抉取奧衍、雄健、厚實之詩風，遂形成其多樣之面貌。

在實踐上，最重詩意之錘鍊及技法之講究，其〈論詩〉詩嘗云：「作詩無今古，貴在多覃思。非敢愛烹練，實為藥浮辭。世今喜滑易，艱深心已疲。試看隴頭黍，不釀難成醨。此理昭日月，三覆固所宜。」即明言「覃思」、「烹練」為「藥浮辭」之良方，故其所作，也絕無滑易之弊。以此之故，其體裁之選擇，亦偏愛近體，七律最多，次為七絕；尤其早期作品，更是如此。病臥之後，詩風稍變，而多自然率真之面目。在內容上，則以感時憂世為主旨，時顯不忍之心，惘惘之情，充分表現對政治、社會之關懷與反省。

目次

卷二

卷三

卷四

卷五

卷六

卷七

附錄

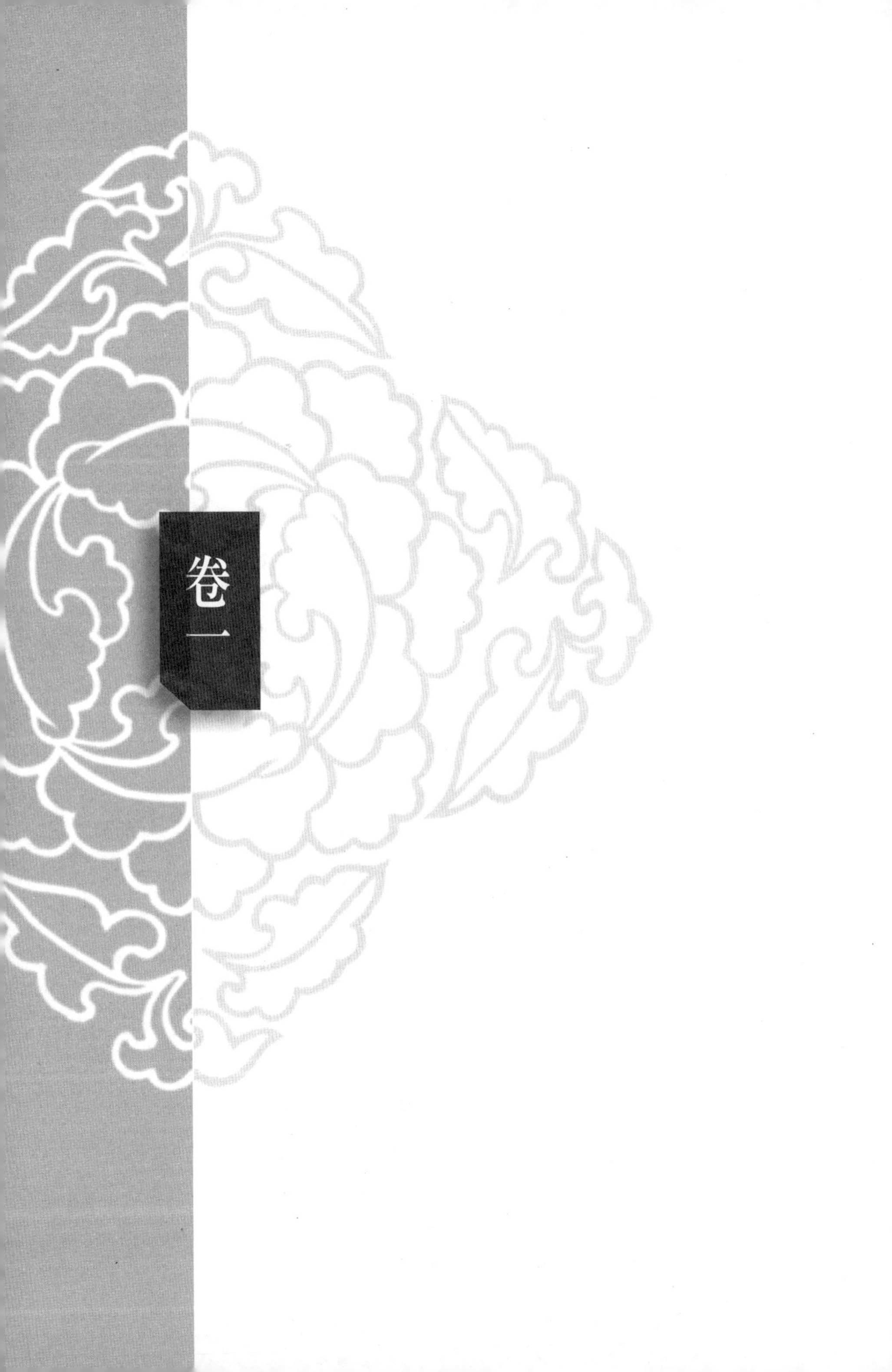

卷一

過台北市

輕軫過橋遠背巖，參差大廈插塵凡。
殷民闊綽猶邀讌，游女浮華恐撞衫。
沽酒廊淫歌裊裊，飾容男少髮髟髟。
世間光怪看難盡，似草繁愁苦不芟。

軫，車之通稱。
殷，富也，《法言．孝至》：「務在殷民阜財。」
撞衫，新詞彙，言兩人服飾雷同。
光怪，光景怪異。
芟，刈草。

玫瑰城秋日

一樓閒適一茶甌，蠖屈郊村過十秋。
久困蝸廬悲楚竹，堪驚螢幕匯韓流。
髮黃真欲墨痕染，山翠全歸詩卷收。
溪壑為鄰樹豐衍，誰知此地是滄洲。

玫瑰城，位於北縣安坑，全城林木蓊鬱，東去千尋即為碧潭，北向有山橫亙，惜不知名。
蠖屈，喻不得志。
韓流，新名詞，意謂韓電視劇集甚夥，如洪流然。
黃髮，指老人。
滄洲，謂水隈之地，常用以稱隱者之居。

降息

聞言行庫妨生計，縮食黎元哭以窮。
物價漸看升似月，資金真感薄於絨。
錢成當席供雞肋，息是隨流下竹篷。
長恐他年零利率，定教枵腹飽餐風。

自況

初秋天氣尚炎烝，健步登臨愧不勝。
皮架已除心絞痛，吸筒堪驗肺功能。
陶情山可忘沉痼，錄夢詩曾記舊陵。
書帙相陪閒歲月，早因足弱罷飛騰。

降息，比來銀行調降利息，黔首生計嚴重受損。
黎元，民之概稱。
雞肋，可食，惟此物食而無味，棄之可惜。
枵腹，謂飢餓腹空虛也。

勝，平讀，任也。
皮架、吸筒，皆醫療用品。
心絞痛，病名。
舊陵，謂北京明十三陵，余嘗有詩記其遊。

慰敏姨

照管起居逾十年，沏茶烹藥助吟邊。
沉杯蛇影疑罹病，喝月蟬聲定損眠。
恐懼襲來摧萬念，歡虞逝去化輕煙。
焚香所願彼蒼佑，使汝心寬疾易痊。

美軍攻阿戰後

恃強凌弱陣雲愁，機艦歸時戰旆收。
兵氣曾侵中亞月，砲聲已撼小邦秋。
回人十萬成新鬼，瓦舍三千墮瘠疇；
彈指敉平茲役後，不知更翦海珊不(ㄈㄡˇ)？

敏姨，劉姓，祖籍閩，生於越南，作余特別看護凡十一年，性溫淳，遇事幹練。
助吟邊，協助抄詩、校稿等瑣事。
沉杯蛇影，用杯弓蛇影事，典出《晉書．樂廣傳》，今以事之虛幻者謂之。
彼蒼，謂天，《詩．秦風》：「彼蒼者天」。
痊，病瘳。

美方為緝捕九一一主謀賓拉登歸案，乃自去冬發兵入侵阿富汗，激戰數月，美大勝。中亞，阿北接中亞細亞。
彈指，喻時之暫。
翦，滅也。
海珊，伊拉克元首。

輓眉叔丈

象緯昨宵奇氣收，大星忽隕海東頭。
九原難詠松山雨，一憾猶乖嶽麓秋。
韓柳文猶推泰斗，蘇黃詩已壓蕭尤。
含淒且更看遺物，尊札能生萬斛愁。

郊城

郊城七月仍殘暑，十載移家買此廬。
偶換衣衫隨去軫，慣憑文墨答來書。
秋光未覺風霜早，老氣猶侵臂膝初。
倘問當筵何所愛，黃魚以外是青蔬。

眉叔丈，張公諱之淦，字眉叔，湘人，工詩文，曾任總統府秘書、淡大教授，以心疾卒，享年八十四。
松山，區名，位於北市，為丈住宅所在地。
嶽麓，山名，在湖南長沙西南，下臨湘江。
韓柳，謂韓愈、柳宗元，為唐文人，名甚著。
泰斗，泰山北斗之簡稱，言為當世所瞻仰。
蘇黃，謂蘇軾、黃庭堅，北宋詩家。
蕭尤，謂蕭東夫，尤袤，皆南宋詩人。
斛，容器，十斗也。

郊城，詩寫平居生涯，取首二字為題。
軫，車之通稱。
老氣句，陳后山詩：「老形已具臂膝痛」。

夜讀

蕭森秋夜一燈陪，史傳詞章取次開。
孟博胸襟安社稷，子瞻詩力過歐梅。
蛩聲自弔樓前月，茗氣猶溫掌上杯。
廊外新涼侵獨坐，披書不語似銜枚。

感秋

前庭蕭索入望空，槭葉微紅錯認楓。
重訝蚊傳登革熱，一如舟逆石尤風。
雪翎盤舍看飛鴿，漆嘴銜雲想遠鴻。
雙足至今艱跬步，迴旋翻羨九秋蓬。

夜讀，夜涼如水，披書自娛，遂賦〈夜讀〉一首。
蕭森，幽寂衰颯之義。
取次，此當時方言，即次第意。
孟博，范滂之字，《後漢書・黨錮傳》謂滂「登車攬轡，慨然有澄清天下之志」。
子瞻，蘇軾之字。
歐梅，謂歐陽修、梅聖俞。
銜枚，枚狀似箸，橫銜口中，所以止喧譁。

蕭索，蕭條衰颯之義。
槭楓，兩者入秋均紅，形亦相似，稍一不慎，容易混淆。
登革熱，新詞彙，病名。
石尤風，亦颶風之類，其事《辭海》述之甚詳，可參酌。
跬步，謂半步也。
蓬，植物名，秋日枝梢開花，《埤雅》：「蓬，末大於本，遇風輒拔而旋。」

寫意

山翠飛來入畫樓，重溫舊夢溯前游。
孤吟曾媚鶯歌石，一諾難酬雁蕩湫。
偶設酒杯親耄耋，欲憑詩筆效曹劉。
惟教溪壑娛雙眼，節序誰知已孟秋。

睡起

枕邊遐想助吟思，樹影搖晴睡起遲。
才覺書中現華屋，又從報上撈浮屍。
雲天望去栽蘆倒，山石招來入幔宜。
釃茗分香支獨坐，塵心初斂拜經時。

寫意，藥樓無事，率興為詩，工拙非所計也。
鶯歌，地名，位於台北縣境，以其山上有石類鶯，故名。
雁蕩，山名，在浙江樂清東，有大小龍湫等名勝，風景絕佳。
曹劉，謂曹植、劉楨，皆曹魏詩人。
孟秋，初秋。

遐想，遠想，凡懷人弔古及一切思想之不囿於凡近者輒用之。
三句，俗謂「書中自有黃金屋」。
四句，近來溺死者眾，余每於報端知之。撈，平仄兩讀，取物也。
釃茗，濃茶。
斂，收也。

看電視感作

聲光彌懋忍閒開，螢幕能傳勝景來。
紅海連天猶浩蕩，黃山縮地尚崔嵬。
裙釵柔婉東瀛劇，宮殿莊嚴內陸台。
港九箕封更爭戲，島中演者實堪哀。

螢幕，電視之異稱，亦曰螢光幕。
紅海，介於亞非之間，面積約十七萬方哩。
黃山，在安徽黟縣西北，山間多松，雲氣四合，瀰漫如海。
縮地，用《神仙傳》費長房事，費能縮地脈，千里在目前宛然。
裙釵，皆婦女所服用，因相承為婦女之稱。
箕封，指韓國。

中颱辛樂克避台而過

秋颱不肯掃前灣，誤以瀛洲嶺陸頑。
萬廈參差嚴陣待，百官震悚禦災艱。
福隆潮穩沙鷗下，汐止風微店肆閒。
京輦儻無過此厄，黎元必驗馬衡山。

中颱辛樂克，本直撲蓬島而來，後緩急不定，幸能偏北避台遠去，未釀災害。
福隆、汐止，俱地名。
京輦，京師。
儻，同倘，苟也。
厄，災難。
馬衡山，馬市長祖籍湖南衡山。

截搭

古今詞彙誰賓主，截搭相生不厭頻。
背水陣成雄甲冑，搖頭丸毒惑形神。
媚倭久恥陳公博，修道還欽鄭子真。
典雅復兼時代感，一爐鎔鑄貌如新。

二疊韻寄諒翁稼老

山光分翠入重樓，偶指輿圖作臥游。
曾到燕京尋鳳穴，欲攀雁蕩瞰龍湫。
裁章且效工詩杜，抱病寧隨醉酒劉。
讀罷二公賡詠句，頗思濡墨寫中秋。

截搭，詩創作時，新舊詞彙須搭配用之，如廟內設電燈然，既具古雅性，復有時代感。
背水陣，漢韓信將兵擊趙，設背水陣，投之亡地而後存，終破趙軍，事詳《漢書．本傳》。
搖頭丸，新詞彙，藥丸名，為青少年所愛。
陳公博，民國人，抗戰時供職汪偽政府，媚日禍國多年，後以事敗，被槍決。
鄭子真，劉漢人，修道守默，隱於谷口。

輿圖，猶地圖。
臥游，凡所游履，皆圖之於室。
燕京，即今北京。
鳳穴，喻文采薈萃之地。
雁蕩，浙江雁蕩山有大小龍湫。
工詩杜，謂唐杜甫。
醉酒劉，謂晉劉伶。

塵世

群山翠減江蕭索，蓬嶠秋來易愴神。
遠憶一湖心在浙，欲參百業語宜閩。
廟堂衰政官何拙，叔世頹風眾所瞋。
莫道文翁宣教化，青衿換得是酸辛。

塵世，入秋，亂象紛呈，偶有所感，筆之於詩。
一湖，指浙江西湖。
閩，福建之簡稱。
廟堂，朝堂。
頹風，言風俗敗壞。
瞋，怒也，同嗔。
文翁，漢景帝時為蜀郡太守，建造學宮，誘育人才，《漢書》入《循吏傳》。
青衿，學子之所服。

九二一地震三周年適逢壬午中秋稼老有詩因亦繼作

曆合陰陽感慨生，災黎三稔尚悲情。
密州在昔秋何好，埔里於今夢亦驚。
白屋徒賖涼月色，朱門難買逝波聲。
不分貴賤人俱望，千古清光此夕明。

密州，今山東諸城，丙辰中秋，東坡歡飲通夕於此，作「明月幾時有」詞。
埔里，震災地之一，在南投縣。
白屋，賤者所居。
賖，買物緩償其值。

亂象

世不唐虞淚幾吞，無端亂象黯消魂。
東瀛客富慣邀女，北邑師多高卓旛。
鯨鲉乍驚淪寸嶼，溪山強忍聽卮言。
安能喚取如來手，招得淳風扇七鯤。

唐虞，言唐堯虞舜之世。
三句，記女主播與日富商事件。
四句，記教師節遊行事。
五句，李某媚日，竟謂釣魚台應屬扶桑。
六句，陳某嘗於大溪主持會議，刻意崇美。
七鯤，指台灣。

亂象 之二

難叱軒轅欲墮魂，人間劫數不堪論。
大湖押貸誰貪墨，孤島農漁各吐言。
民瘼哀如流隴水，賭風疾似裂台旛。
毒淫燒殺今何世？秋氣相凌日已昏。

叱，訶也。
軒轅，《史記．五帝紀》：「黃帝姓公孫，名軒轅」。
劫數，俗謂厄運。
三句，指新瑞都案；貪墨，謂貪財利也。
四句，世為農漁業之興革與否，頗有爭議。
民瘼，民之疾苦。
隴水，古代征人出隴（甘肅之簡稱）水即為塞外，故常覺隴水作嗚咽聲。

壽戎庵詩老八十一

請纓年少似終軍，老斂塵心遠避群。
八秩增將新歲月，十方誦取舊詩文。
缽聲昔答貂山雨，吟卷漫收鯤海雲。
壽並川峰顏不耄，郊村遙晉酒花薰。

看報感作

原期讀報破蒼顏，誰料一看愁未刪。
揆席能令誑言異，閣員豈讓訟庭閒。
謝郎港九寧歸獄，蘇案台澎不撼山。
廟策謬悠堪鎖國，何如坐聽鳥關關。

終軍，漢濟南人，字子雲，弱冠，請受長纓，謂必羈南越王頸，後世壯之。
斂，收也。
秩，十年為一秩。
十方，謂東、南、西、北、東南、西南、東北、西北、上、下也。
貂山，山名，在台北縣。
鯤海，指台海。
耄，《爾雅．釋言》註：「八十為耄」。
晉，進也。

揆席，謂總持國政之官。
訟庭，爭辯曲直之所，此指法院。
腹聯，上句謂港星待判事；下句言新瑞都弊案。
廟策，廟堂之策畫。
謬悠，謂若忘於情實者也。
關關，和聲。

藥樓坐雨得句

晚積濃陰坐眺時，颭秋淺碧雨絲絲。
閒愁勾起歸幽抱，遐想飛來入小詩。
有患此身原是累，無為吾道本非奇。
比年胸次多塵垢，淅瀝端宜洗肺脾。

此詩語木聲稀，句淺無奇，可以一目了然，故毋庸作注。

晨起

偶覘螢幕貪朝爽，睡起風涼報曙鐘。
剖腹生兒同白璧，誣人斷袖是烏龍。
真愁龜卜靈氛重，多恐蟬寒效應濃。
初日禽啼含角徵，清音略勝奏笙鏞。

覘，平仄兩讀，視也。
三句，謂第一家庭，喜獲外孫。
四句，言舔耳風波，真相大白；斷袖，世謂男寵曰斷袖之癖，事詳《漢書．董賢傳》。
腹聯，分承三、四句而言。
角徵，宮商角徵羽曰五音。
笙鏞，樂器。

九日華岡雅集不赴

重陽海客集韋劉，讌聚華岡坐晚秋。
萬木飲霜楓酩酊，千莖搖晝菊風流。
詩言落帽終將腐，典用題糕合自羞。
吾不登高因足蹶，忍閒獨詠一樓愁。

詩題，中華詩學研究所假華岡舉辦重九雅集，余因病不赴。

韋劉，謂唐詩人韋應物、劉長卿。

腹聯，「落帽」、「題糕」皆重陽故事：前者為孟嘉龍山落帽事；後者言劉禹錫作詩不敢題糕事。

釜山亞運

近海喧呼答浪譁，釜山盛會卓旌斜。
足追晴日隨夸父，槍擲高天詫女媧。
人健撐過竿上體，娃嬌游出水中花。
奪金至竟艱如翥，姑道華夷共一家。

釜山亞運，第十四屆亞運在南韓釜山舉行，四十四國參與，共襄盛會。

頷聯，夸父追日、女媧補天，皆上古神話。

至竟，猶到底。

翥，飛舉也。

觀《大陸尋奇》劇集

螢幕傳真到眼分，堯封縮地益知聞。
千樓滬瀆承甘霈，一舫杭湖泛夕曛。
洱海平收秋後雨，泰山涼宿夜來雲。
川原萬里雖雄秀，足廢恐難游衍勤。

藥樓秋集

朋來剝啄共生歡，清夜夷醪助糲餐。
庋架書香侵鶴髮，沿廊花氣入鮭盤。
笑言塵事喧中戶，咳唾災情損佞官。
欲道明時無驗左，不如棲遁托身安。

《大陸尋奇》，此劇集中視所播，每週一次，專記塞北江南各地之勝境、文化、飲食、寺廟等，頗能引人入勝。
堯封，中國舊時疆域謂之。
滬瀆，水名，松江（吳淞江）下游，在上海縣東北，俗稱上海曰滬瀆，或簡稱曰滬。
泰山，山名，位於山東省境，世以為五嶽中之東嶽，亦曰岱宗。
游衍，游行快樂之意。

藥樓秋集，晚秋寒舍邀飲，伯兄夫婦、丙仁將軍，及明堯、增壽、定西、人俊諸君在席。
剝啄，叩門聲。糲，粗米。
庋，置也。
中戶，謂常人之家也。
咳唾，猶云談論。佞官，官吏之巧諂善辯者。
驗左，猶言證據。棲遁，謂隱居。

偃蹇

卜筮元知晚命差，餘生偃蹇世堪嗟。
山飛秀色來詩卷，人擇韶光付網咖。
壁鏡早看頭已雪，歌樓舊憶臉猶霞。
郊城獨坐過寒暑，幸有相陪顧渚茶。

迷信

檢看星座堪知性，風水真銷擇穴憂。
八字批將人福禍，五行占得命沉浮。
方教魅影迷孤嶠，漸感妖氛撼晚秋。
休畀雲煙籠兩岸，且憑迷信壯瀛洲。

卜筮，按今用為占卜之通稱。
偃蹇，偃，偃息而臥，不執事也；蹇，跛蹇，病不能做事。
網咖，新詞彙，網路咖啡屋之省稱。
顧渚，山名，在浙江長興西北，所產紫筍茶，甚名貴。

迷信，台澎近年多言怪力亂神，以致迷信充斥，卜筮流行，世俗之愚昧，不可勝言。
星座，西洋星座，共分金牛、雙魚、水瓶等十二宮，占者可據此論人性格。
穴，塋兆，《詩．王風》：「死則同穴」。
八字，星命家以人生年月日時所值干支，推算禍福壽命，謂之八字。
五行，水、火、木、金、土也。
瀛洲，海中仙山，此指台灣。

寺廟大火

遙知紺宇遭回祿，拔地樓成乍倒桐。
已訝絳雲隨瓦聚，仰看白柱向秋沖。
佛經半燎餘殘燼，梵唄全沉贈夜蟲。
寺廟原為天所佑，如何焚毀到霜鐘。

感秋

偶然隨軫出秋庭，絲竹沿街入夜聽。
桐白疑為半山雪，粟黃原是一潭星。
通航夢好賡仍斷，從政人庸醉不醒。
黔首自甘如附隸，忍窮待業守空櫺。

紺宇，僧寺之別稱，亦云紺坊、紺殿。
回祿，火神。
絳雲，紅色之雲，喻火。
白柱，喻滅火時水管所射之水柱。
梵唄，梵土之讚頌。

軫，車之通稱。
絲竹，此借指音樂。
桐，植物名，落葉喬木，其材輕鬆，色白。
粟，植物名，禾木科，實為小粒狀，黃色，北人名為小米。
黔首，百姓。
櫺，梠也，即屋簷。

有感用陽字韻

黃黍才收又黃菊，台疆近海忌栽桑。
澆愁惟沏武夷茗，知我尚餘新店篁。
偶溯前游記燕陜，欲邀莫逆話周姜。
臨江嶽麓歸何日，獨坐憑秋弔夕陽。

首句，言自夏徂秋，歲月易失。
次句，蓋生恐滄海變桑田也。
武夷，山名，在福建崇安南，山中產茶，著名中外。
新店，在台北縣境。
燕陜，河北與陜西之簡稱。
莫逆，謂友誼篤曰莫逆。
周姜，謂周邦彥、姜夔，皆宋詞人。
嶽麓，山名，在湖南長沙西南，下臨湘江。

偶見崑陽舊作即次其韻

花港移家飽覽山，人居碧海翠疇間。
韶年文接楓橋秀，壯歲心通栗里閒。
搜句知吾效溫李，謀篇喜汝似揚班。
疆東鯤北無多路，深誼因風許往還。

詩題，顏崑陽兄時居花蓮，為東華大學中文系教授，並兼任該校人文社會學院院長，余頃見其四年前舊作，遂次韻賦詩一首。
楓橋，在江蘇吳縣閶門西。
栗里，古地名，在今江西九江西南，亦陶潛之故居所在，見丁福保《陶詩箋註》。
溫李，謂溫庭筠、李商隱，皆晚唐詩人。
揚班，揚雄、班固，皆漢詞賦家。
許，與也，即許可之謂。

立冬作

一勺寒潭截小谿，朔風吹皺碧頗黎。
有時史籍尋伊呂，何處竹林逢阮嵇。
戎旅不曾雄鼓角，客愁早是付鯨鯢。
孟冬都邑歌殘夜，只聽絲篁世已迷。

頗黎，即玻璃，喻水。
伊呂，謂伊尹、呂尚，俱古之賢者。
阮嵇，謂阮籍、嵇康，同為「竹林七賢」之一。
鯢，鯨之雌者。
絲篁，即絲竹，謂琴瑟簫管之屬，亦用為音樂之總稱。

孟冬遐想寄文華　偶感於「本土化」

琵鷺飛來過暖冬，頑雲漠漠壓林峰。
搖晴郭外看生竹，破寂風前聽撼榕。
誰詡村醪勝紅酒，人矜瓦釜棄黃鐘。
蟪蛄那得知寒暑，妄語真當一笑同。

遐想，遠想。
琵鷺，飛禽類，黑面琵鷺之省稱。
詡，大言也。
紅酒，產於法，以葡萄釀製，世界知名。
矜，自尊大也。
黃鐘，十二律陰陽各六，陽六為律，其一曰黃鐘，屈原〈漁父〉：「黃鐘毀棄，瓦釜雷鳴。」
蟪蛄，動物名，蟬類，《莊子．逍遙遊》曰：「朝菌不知晦朔，蟪蛄不知春秋，此小年也。」

回溯

滇茗生甘直到臍，流光回溯意堪迷。
官邪已損三司使，人歿遙悲八掌溪。
泅海林君成貴業，貪臟尹案混汙泥。
算來諸厄難窮盡，澒洞憂端與嶽齊。

小陽春

沉西日腳燒雲赤，值小陽春冷尚遲。
十月葉身棲在地，一生心力付於詩。
吳門雪櫃宜藏蟹，台嶠靈風盛卜龜。
山麓堪分怒泉水，歸烹釅茗洗肝脾。

滇，雲南之別稱。
臍，肚臍。
三句，言檢察官花酒事；三司使，唐時大獄，以刑部、御史台、大理寺推案，為三司使，此喻司法單位。
四句，痛八掌溪漲，波濤奪命。
五句，慨林君泅水叛逃，竟食善果。
六句，謂尹案撲朔迷離，宜嚴分主從。澒洞，亂貌，杜詩：「憂端齊終南，澒洞不可掇。」

詩題，俗稱陰曆十月為小陽春。
首句，杜詩〈羌村〉：「崢嶸赤雲西，日腳下平地」，本句仿此。
吳門，今江蘇吳縣地之別稱，陽城湖在該地東北，產蟹，甚著名；雪櫃，新詞彙，大陸用語，即冰箱。
卜龜，卜用龜甲，所以占休咎也。

克地兄嫂游滇浙歸

摶扶銀翼下滇雲，復拾杭茶裊裊薰。
蕭寺晴同三塔共，蘇堤秋與六橋分。
縱橫嶺陸歸游屐，廣窄湖川浸夕曛。
禹甸歸來思梵磬，清音恍似枕邊聞。

銀翼，指飛機。
杭茶，言杭州龍井茶。
裊裊，香氣襲衣。
三句，蕭寺，汎指廟宇；三塔，在雲南洱海附近。
四句，蘇堤，位於杭州西湖中，為蘇軾所築；湖有六橋三竺之勝。
禹甸，中國九州之地。
梵，仄讀，此云清淨。

十月晦日作

燈下猶孤弔影身，漫思世事一愴神。
民安昔可游丁夜，酒偽今須驗甲醇。
北斗遙望疑是淚，南溟坐恐漸生塵。
流光如矢飛何速，曆算明朝又斬新。

愴，平仄兩讀，傷也。
丁夜，言四更時。
酒偽句，坊間假米酒風暴襲捲，民受其害。
五句，杜詩〈秋興〉：「每依北斗望京華」。
六句，化用滄海桑田事。
斬新，言新之極也。

冬襟

賡吟才罷坐聽鳩，龍井生香沏茗甌。
重嶺與樓分朔氣，猛風吹雨釀寒流。
為農豈料成狂兕，榷稅真堪到遠鷗。
閒幔閉冬驚晝短，緘愁手泐託飛郵。

藥樓漫題

閒居剗地動悲心，塵事身謀慼不禁。
釀酒仿真誤傷鴨，庋書忘曝暗生蟫。
青衫年少飆街舞，黃髮吾衰愛古吟。
讀罷南華第三卷，憑軒坐眺落陽深。

龍井，茶名，產於浙江杭州。
腹聯上句，謂農漁業十二萬大遊行；兕，如野牛而青。
腹聯下句，喻稅政苛甚，莊太岳詩：「沖西港口千帆盡，尚有沙鷗待榷無。」
手泐，書札。

剗地，平白地。
三句，頃來假米酒充斥，「薑母鴨」生意大減。
庋，猶言置也。
曝，曬也。
蟫，衣書中蠹蟲。
街舞，新名詞，舞之一種，跳於街道，為青少年所愛。
南華，經名，即《莊子》。

書讀

樓舍披書坐暖冬，缽花香氣撲衣濃。
早欽羅氏並稱鳳，不齒葉公空好龍。
一載流光效樊易，十分幽緒慕羲農。
辭書漫檢生疏典，猶似當年在辟雍。

羅氏稱鳳，明泰和年間羅欽順與弟欽德、欽忠，並以學行知名，時稱羅氏三鳳。
葉公好龍，葉公名子高，此四字為浮慕無實之喻，事詳《新序雜事》。
樊易，謂樊增祥、易順鼎，皆清詩人。
羲農，《白虎通．號》：「三皇者何謂也？謂伏羲、神農、燧人也。」
辟雍，周大學之名。

釅茗

釅茗真堪摒嫩寒，每於塵網感千端。
疫苗乍作奪嬰物，宦海儘多貪墨官。
漫以虛懷收大壑，權憑浩氣壓奔湍。
功名如鳥俱飛去，獨有賡吟興未闌。

釅茗，濃茶，詩以本篇首二字為題。
三句，言北城醫院護士錯用針藥，遂令嬰兒猝死。
宦海，仕宦升沉如海潮起伏無定，因謂官場曰宦海。
貪墨，即貪冒，按犯而取也。

茗坐

沏茶坐享武夷香，吟楮攤開引興長。
寒壓群山青入牖，風梳短髮白飛霜。
身雖老病才猶在，世縱危艱氣益狂。
邑宰博來爭押注，雙城南北各分疆。

武夷，山名，在福建崇安南，以武夷茶蜚聲中外。
楮，紙也。
牖，旁窗。
博，局戲。
雙城，言北、高兩市。

藥樓四韻

大樓不動前庭闃，橫亙山青映畫堂。
塵蟎汙帷分地氣，書蟫棲卷忌陽光。
多欣藥餌促身健，默對芸窗賡句忙。
普洱外參杭菊瓣，滇茶色釅溢清香。

藥樓，寒舍齋號。
闃，靜也。
塵蟎，新詞彙，塵之細者。
書蟫，蝕書蠹蟲。
藥餌，謂藥物調補之品。
芸窗，書窗。
普洱茶，出雲南普洱府，膏墨如漆，能消食化痰，清胃生津。
釅，凡液體或物之色香味之濃厚者曰釅。

遣懷

朔氣彌天藥樓直，背鄰大道面庭椰。
餘生欲覓三遊洞，平陸難飛六出花。
端合逃名為世亂，早知貪墨在官邪。
老歌宛轉傳螢幕，勾起離愁憶臉霞。

三遊洞，在湖北宜昌西北，相傳唐白居易、宋歐陽修、蘇軾，均曾遊此賦詩。
六出花，雪花六瓣，故名。
貪墨，犯而取之。
螢幕，指電視。

午膳

邀來莫逆一相歡，話舊談諧興未闌。
虞詐偶開沙蟹局，杯盤共食釜魚餐。
要分塵事歸歌哭，欲倒茶甌洗肺肝。
錦瑟年華莫回溯，流光逝去似奔湍。

信發、昭旭、文華、雄祥、保新、建民、幸福、瑞騰諸教授會餐於寒舍，並共作沙蟹之戲。
莫逆，謂友誼篤曰莫逆。
虞詐，《左傳．宣十五年》：「爾無我詐，我無爾虞」，詐，偽也；虞，欺也。
沙蟹，新詞彙，譯音，西洋博戲，或譯作梭哈。
釜魚，杜詩：「釜魚猶假息」。
湍，急瀨也。

晚晴次漢山先生韻

長虹飲澗雨初晴，薄晚閒帷捲樹聲。
雲嶺飛來染詩綠，寺鐘敲盡咒冬清。
夷居公合尊巢父，才調吾猶禮賈生。
聞道元戎今戢翼，不飛日惹枉傷情。

夷居，漢老移居加拿大多年。
巢父，陶唐高士，堯以天下讓之，不受。
賈生，漢賈誼，李商隱詩：「賈生才調更無倫」。
元戎，猶云總戎，主軍事者之稱。
戢翼，斂羽。
日惹，地名，在印尼境內。

種玉先生《袖山樓詩》讀後

戎馬平生奮鼓旗，乘桴於海滯天涯。
且將擊缽掄元手，來作裁雲擢秀詩。
厚祿已拋甘澹泊，華箋不肯錄傷悲。
清詞一部傳蓬嶠，洛下聲高合可期。

詩題，鄧璧先生，字種玉，安徽宿松人，壯赴戎機，累官至上校，曾獲教部詩獎，有《袖山樓詩》行世。
乘桴，桴，編竹以代舟，《論語》：「乘桴浮於海」。
擢秀，謂植物發榮滋長。
蓬嶠，指台灣。
洛下，洛，指洛陽，在今河南，東漢、魏、西晉皆都於此，故亦借為京師之代稱。

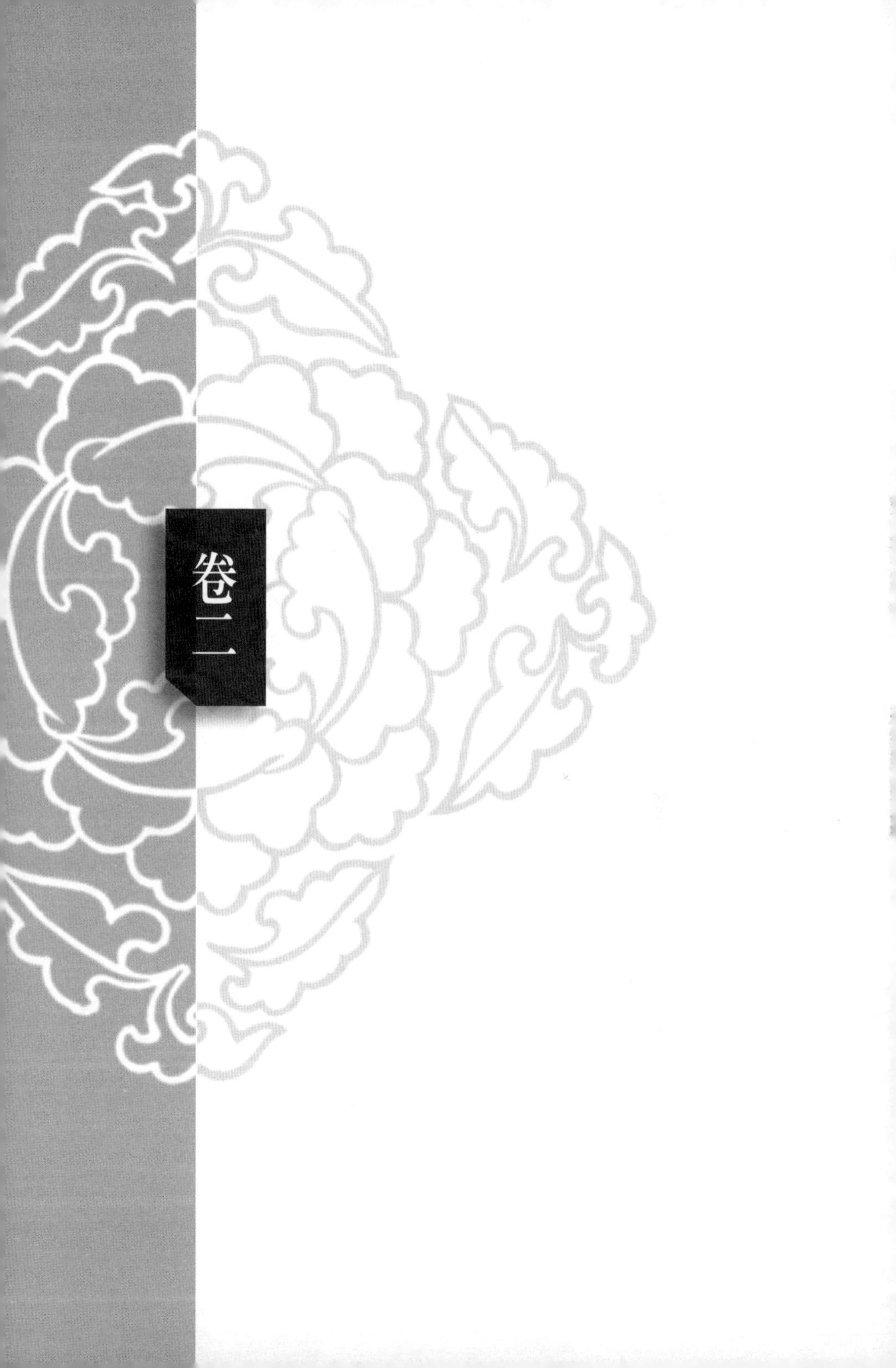
卷二

薄晚

晴晝風微不滿林，寒山遠掩夕陽深。
待邀叢竹來茶座，欲割浮雲補布衾。
螢幕寬衣多辣妹，鱣堂回首盡愉心。
端居了卻書函事，漫以歡哀付獨吟。

螢幕，猶云電視。
辣妹，新詞彙，指衣著暴露、形骸放浪之少女。
鱣堂，講堂。
書函，謂信札。

夜雨

隨風猛雨打雞窗，淅瀝泣如歌仔腔。
近臘雲深淹老月，初宵笛擫出鄰龐。
優游難覓青羊觀，寒沍遙思白馬江。
欲往九州身尚贅，才言霞客已心降。

雞窗，書室。淅瀝，雨聲。
歌仔腔，歌仔戲之唱腔，多哭調，其聲甚哀。
臘，陰曆十二月。擫，按也。龐，高屋。
青羊觀，道觀名，亦曰青羊宮，在四川成都西南；觀，音貫，仄聲。
寒沍，即寒凍之意。
白馬江，在四川崇慶東北十里。
霞客，明徐宏祖，號霞客，江陰人，嘗登山涉水，遍游禹甸，有《徐霞客遊記》傳世。
降，服也。

兆公校長榮退

卸將重負息雙肩，忍聽松濤館舍前。
兆象已拋尊孔墨，漢思猶繫臥林泉。
賜金憐我罹沉痼，為校知公損好眠。
游釣於今卑案牘，暮年端合樂山川。

夢醒

銀翼搏扶作遠翔，堯封一夢慰離腸。
洞庭湖廣收沅水，天目茶甘出溧陽。
乍醒枕邊心自惘，已寒樓外雨猶狂。
孰知沉痼翻為累，欲踏湘吳計亦荒。

詩題，劉兆漢博士，湘人，由美歸國，任中央大學太空遙測中心客座教授，不數年，受命為中大校長，一紀，屆滿退休。
松濤，中大多植松樹，風過如濤聲喧譁。
兆象，龜兆之徵象。
漢思，思漢之心。
卑，賤也。

詩題，壬午十二月初三夜紀夢。
堯封，謂中國舊時疆域。
洞庭湖，在湖南，湘、資、沅、澧諸水皆匯瀦於此。
天目茶，指江蘇溧陽市之天目神茶。

與克地伯兄茗話

紫砂壺暖試澆魂，塵事持杯且共論。
農舍受寒宜送炭，衙官負勇尚爭墩。
雄州賄選驚孤月，烈嶼迴瀾障七鯤。
已褪鵝黃重換茗，高談直到暮山昏。

癸未新春試筆

鴻鈞轉運遍花城，簷雀飛來喚小名。
漫卷書帷延嶺色，坐令詩腹飽春聲。
平生羞作麵龜族，暮齒期同松鶴盟。
淑氣晴光滿天地，皋比坐擁傲公卿。

紫砂壺，茶壺名，出浙江宜興，以紫砂製之，名甚著。
雄州，謂高雄市。
烈嶼，即小金門，屬台疆。
七鯤，指台灣。
褪，色減也。
昏，日冥。

鴻，大也。
花城，指新店玫瑰中國城。
麵龜族，謂喜好速食、行為懶慢者流。
暮齒，晚年。
七句，杜審言詩：「淑氣催黃鳥，晴光轉綠蘋。」
皋比，虎皮，宋張載嘗坐虎皮講易，見《宋史．道學傳》；後世稱居講席者曰坐擁皋比，本此。

鄉居憶往

佛桑花發竹籬前，眠食南鯤尚少年。
浮鼻耕牛歸涉水，穿雲飛鴿遠盤天。
拋書漫學江湖氣，宿寺漸生鐘鼓緣。
四紀流光一彈指，青絲今已換華顛。

春懷

卷帷風物入吟望，小鎮孟春花草香。
排闥山丘青撲袂，堆天雲朵白遮陽。
火牛計好難為用，木馬謀深漸欲彰。
兩岸語言多詭譎，至今鷹鴿尚蒼黃。

佛桑花，即扶桑花，色紅，狀似燈籠。
紀，十二年為一紀。
彈指，喻時之暫。
八句，李白詩：「朝如青絲暮成雪」，本句仿此。

排闥，推門。王安石詩：「兩山排闥送青來」。
火牛，戰國時，齊將田單，嘗以火牛之計攻燕軍，破之。
木馬，以木馬屠城，乃西洋故實，見《希臘神話》。
彰，明也。
詭譎，怪誕之義。
鷹鴿，象徵兩岸形勢之戰與和。
蒼黃，翻覆之喻。

二月初八忍閒作

東風樓舍寂無人，字畫圖書是至親。
髮白千絲已生雪，花紅一圃欲燒春。
機邊滑鼠銷閒易，轍裡窮魚乞活頻。
口訥足殘餘自惘，不然蓬島去尋真。

春日追懷景公夫子

四天雲晦屋廬深，重省前蹤恐不禁。
羊歲春光銷馬影，魚箋詩句憶龍吟。
老莊穿兀參名理，聲韻沉潛辨古音。
回溯追陪作人日，一筵彭戴酒同斟。

滑鼠，新詞彙，或名曰電腦遙控器。
轍裡窮魚，涸轍之鮒，猶困阨之人，語本《莊子‧外物》；鮒，鯽也。
蓬島，此純指海中仙山而言，非有他喻。
真，即指真人，謂修真得道之人，宋魏野詩：「尋真誤入蓬萊島」。

魚箋，紙也。
龍吟，狀聲之辭，此指景伊師。
穿兀，猶言穿穴。
彭戴，本謂漢彭宣與戴崇，二人皆張禹弟子，此處借喻李鍌、于大成、陳新雄、李殿魁等諸學長。

陽明山花季

芳郊晴晝鳥關關，大道車行啣尾艱。
林表櫻紅紛照海，風前竹翠亂搖山。
走春衫履何堪計，迎客樓亭不讓閒。
吾病甘違賞花約，恐令丹靨笑衰顏。

詩題，陽明山賞櫻季節，日逾萬人，大小車輛多啣尾而行。
關關，鳥鳴聲。
走春，新詞彙，猶言踏青。
履，鞵也。
令，平讀，作教解。

文著《鳳鳴詩稿》讀後

怪底茲書來不翼，春風吹送到朱樓。
使吾浣讀堪怡性，憐汝高吟許狎鷗。
持較長河疑可匹，求諸流輩罕其儔。
語清旨雋追唐絕，蓬嶠煙雲篋底收。

詩題，文鳳鳴先生，湖南湘鄉人，能詩，累官至中校，晚年學易，領悟頗深，著有《鳳鳴詩稿》五百餘首。
狎，狎玩。
匹，配也。
流輩，同輩。

火噬古蹟

霧峰古厝一焚紅，簇錦林家付祝融。
全倒亭台荒徑瓦，半頹樓館破窗風。
中庭乍見驚魂鳥，蔓草猶鳴弔月蟲。
閱盡滄桑化灰燼，百年哀樂總成空。

山居 舊作

照眼繁花十里幽，啼禽應候此淹留。
簷牙雲氣常眠榻，山腹春聲欲叩樓。
與竹為鄰心澹泊，推襟不去月綢繆。
何當自恣如霞客，再作秣陵鍾阜游。

詩題，據報載，去秋中縣霧峰國家二級古蹟林宅樓舍，慘遭回祿，余嘗作詩哀之，然不甚愜意，今春乃據舊作重加斟酌。
祝融，火神。
頹，墜也，壞也。

詩題，偶檢塵篋，見此四十年前舊稿，為之欣喜無既，遂稍加潤飾，留作紀念。
淹留，久留。
簷牙，屋檐。
霞客，謂明徐霞客也，其游屐幾遍天下，並詳為之記。
秣陵，今江蘇南京。
鍾阜，即鍾山。

感春

春色何曾付剪裁，愚蒙況我少詩才。
寧論天道江淹恨，且悼荊妻潘岳哀。
久病早看生死淡，閒居忍聽是非來。
鐙前偶喚雛兒坐，指點輿圖認九垓。

丘壑

丘壑為鄰一紀過，披書以外是吟哦。
繁紅搖影盆花秀，眾綠分光社樹多。
聞道波灣欲燔燧，坐愁朋黨尚操戈。
淹留才訴歸湘願，無奈身殘髮已皤。

愚蒙，無知貌。
江淹，南朝人，其〈恨賦〉云：「人生至此，天道寧論。」
潘岳，晉人，文辭豔麗，尤長哀誄，以悼亡詩知名。
輿圖，猶地圖。
九垓，謂九州。

詩題，取本詩首二字為題。
一紀，十二年。
燔，燒也。
朋黨，泛指同類之人互相結合；此專指國內政爭之團體而言。
操，把持。
皤，謂老人鬢髮白也。

懷遠

摯友違離惜遠分，索居村郭避紅塵。
無言惟念芎林月，有病難尋竹塹春。
顏秀汝為天所妒，力衰吾與藥相親。
時過三紀重回首，黌宇山中憶尚真。

索居，離友朋而散處。
紅塵，指熱鬧繁華之地。
芎林，鄉名，屬新竹縣。
竹塹，新竹市之舊稱。
三紀，一紀十二年，三紀三十六年。
黌宇，學舍。

客至

酒香款客飲清巵，共話春燈忘體疲。
乍感其情稍過嗨，坐愁所學不扶衰。
功名同墜青雲志，老病都欽翠柏姿。
聞道官衙猶布建，偵防試問欲何為。

嗨，新詞彙，High譯音，謂情緒高亢也。
五句，王勃〈滕王閣序〉：「不墜青雲之志」。
布建，基於治安工作需要，在社會各階層布置工作人員，以蒐集情報。
偵防，偵查防備。

家居

卜居山麓遠江潯，閒眺疏煙竹外沉。
聽鳥欣當一庭午，裁詩耗盡半生心。
書窗自取叢刊讀，網站猶防駭客侵。
聞道中東又傳警，波灣烽燧入雲深。

卜居，擇居所也。
駭客，利用網路，竊取他人電腦機密資料者。
末聯，陽曆三月二十日，美伊宣戰。

美軍侵伊感作

戎旃十萬擁波灣，怒伐伊疆孥海珊。
橫厲兵氛侵堞壘，喧呼導彈撼川巒。
石猶擊卵差堪喻，理既逆天強自寬。
鄭俠圖成多血淚，流民羸瘠帶愁看。

詩題，螢幕報導波灣風雲，故有此題。
戎旃，軍帳。
橫厲，氣盛而凌於天。
鄭俠，宋人，字介夫，曾繪《流民圖》知名於世。
羸瘠，瘦也、弱也。

次韻壽璧老八十 二首

飛騰騄耳老駸駸，上壽欣然八秩臨。
都使功名壯懷夢，化為風雅暮年心。
記從滄海驚塵漲，漫向騷壇感誼深。
祝嘏欽公身尚健，巖花不用杖藜尋。

九州回溯起狼煙，蓬嶠淹留不計年。
報國早知繻可棄，掘泥終信谷能填。
稍寬胸臆藏丘壑，已慣詩文納海川。
春色要令京輦滿，木棉花發眾枝連。

詩題，鄧璧先生，字種玉，安徽人，觀其一生，早陟兵塵，中經宦海，晚歸騷壇，今屆八秩，特壽之以詩。
騄耳，馬名，周穆王八駿之一。
記從句，化用滄海桑田事。
祝嘏，今謂祝壽。

狼煙，《酉陽雜俎》：「古邊亭舉烽火時，用狼糞燒煙，以其直上，風吹不斜也。」
蓬嶠，指台灣。
淹留，久留。
繻，符也；棄繻，用終軍事，見《漢書》。
京輦，京師。

述事

黔首春來愁殺士，深居非為壁塵氛。
欬聲猶嚇簷前鳥，詩力堪挐嶺上雲。
游女尋歡趨夜店，明星抱憾瘞新墳。
巴城戰後今無秩，掠奪連朝到夕曛。

碧潭晚眺

停軫臨波愛夕氛，崖亭突兀索橋昏。
郊雲寺外淹重嶺，眉月天邊掐一痕。
集禊晚春懷上巳，量篙游舫想中元。
碧潭水暖平如拭，照出前歡忍再論。

黔首，百姓。
殺士，新詞彙，西語SARS之譯音，即非典型肺炎傳染病。
嚇，驚恐人曰嚇。
挐，牽引。
夜店，新詞彙，如pub之類。
六句，謂港星張國榮跳樓自裁事。
秩，次也、序也。

掐，爪刺，《北史．齊孝昭帝紀》：「帝以爪掐手心，血流出袖。」
五句，某年上巳，詩學研究所諸老修禊於此。
六句，某年中元前夕，文華、雄祥、崑陽與余，共乘大船游潭賭酒酣飲。

餞春

前庭暫默雨絲絲，婪尾春殘出餞遲。
三月花痕棲在水，百年心事萃於詩。
人閒漸感禽聲改，病久徒傷體力衰。
荏苒流光同捷運，濃陰如幄晝晴時。

藥樓雅集

春風樓館共吟朋，挹翠裁紅力尚能。
余視總持為少友，詩期貽上以中興。
初沽尊酒香如棗，已斂塵心靜似僧。
遠道諸君來問訊，遂令廣座茗氛增。

婪尾春，芍藥之異稱；芍藥殿春，故有此名。
百年，猶言一生。
萃，通悴。
荏苒，時間漸進之義。
捷運，新詞彙，交通工具之一種。

詩題，癸未暮春，羅尚詩老、林正三詞兄暨小友黃鶴仁、李佩玲、楊維仁、李正發、吳身權、吳俊男等，同來寒舍論詩，飯後茗飲始歸。
總持，江總之字，南北朝考城人，工文辭，尤擅詩；本師湘潭李先生詩：「忘年仍許尋江總」。
貽上，即清王漁洋，其詩名甚著，以倡「神韻」知名於世。

文山首夏

厲陽炙背世將焚，晝永薰風扇暑氛。
城郭有江能匯海，郊坰無嶺不棲雲。
新來錄夢頻賡詠，曾是揮毫善屬文。
坐對虛廊閒眺遠，籬花紅與夕陽分。

文山，山名，位於新店。
厲，惡也。
炙，以火炮肉。
扇，平讀，吹揚。
屬，綴輯之也。

感近事

繁陰佳木擁山城，一抱千憂淚釀成。
舉手代鎗真白目，捏泥為餅惑蒼生。
邪言近已迷蓬嶠，殺士何當控疫情。
今與堯封斷簽證，試論經貿可無驚。

首句，歐陽修〈醉翁亭記〉：「佳木秀而繁陰」，寫夏日之景。
三句，謂新聞局長葉某舉措失態事；白目，台語，作白癡解。
邪言句，相命卜卦之術，堪輿風水之說，大盛於本島。
殺士，新詞彙，惡疾SARS之譯音。
堯封，指中國大陸。

贈蔡雄祥

庭階玉樹與君侔，百罰清卮醉不休。
臨帖功深歸字勁，奏刀技活篆春柔。
論交合是青衿始，治印真堪白璧酬。
橫舍傳經尊古道，香山野翠一囊收。

詩題，蔡君，江蘇人，善飲能書，工篆刻，現任教於新竹香山玄奘大學。
玉樹，美材之喻。
侔，齊等。
合，應當。
青衿，學子之所服。
橫舍，猶云學舍。

老境次龔稼老韻

已過六秩身猶病，足廢多年奈命何。
扶壁無端驚地弱，賡詩真感損眠多。
竿搖翠靄曾看竹，莖出黃淤獨愛荷。
詞客不來禽亦去，閒居清冷似山阿。

詩題，龔嘉英先生，字稼雲，贛人，擅文工吟，以說杜知名，頃寄示「老境」詩一首，依韻感和。
秩，十年為一秩。
淤，澱滓濁泥，宋周敦頤文：「出淤泥而不染」，蓋美蓮也；蓮，今皆與荷混用無別。

偶感

黃梅時節雨來頻，養拙生涯歲月新。
欲向王維參佛理，不隨潘岳拜車塵。
心憂豈止話非典，世亂何堪棲此身。
怪底炎天飛白雪，一齊染就髮如銀。

王維，生平奉佛，素服長齋，又工詩善畫，為唐一大家。
潘岳，字安仁，晉人，性輕躁，頗趨世利，嘗望顯貴車塵而拜，為世詬病；先師漁叔教授詩：「豈效安仁拜路塵」。
非典，大陸用語，即非典型肺炎之省稱。

暮歸

博殘樓館已斜暉，大道車行向翠微。
捷運一飆能縮地，浮雲再變又成衣。
亂栽椰竹游眸見，逆走樓台撲面飛。
漸及溪橋當薄晚，剛從塵網乞詩歸。

翠微，山未及上謂之。
捷運，北市交通工具之一種。
縮地，費長房能縮地脈，見《神仙傳》。
四句，杜甫詩：「天上浮雲如白衣，斯須變幻為蒼狗。」
塵網，謂塵世也。

梅雨

梅天不歇雨瀟瀟，沃竹淋蕉水去遙。
漸感鳳城銷溽暑，遠知鯤海漲新潮。
世之塵滓真當洗，今者蔬畦試一澆。
淅瀝連朝能救旱，濕雲如墨渲重霄。

鳳城，京都之城。
鯤海，指台海。
滓，泥之黑者。
畦，田五十畝。
澆，負水沃田。
淅瀝，狀雨聲。
渲，書法之一種，郭熙《林泉高致》：「擦以水墨，再三而淋之，謂之渲。」

癸未五月初十夜記夢

薰風拂簟斂烝炊，戎旆浯州入夢疑。
鷗白遙分雲一片，山青盈視雨千絲。
雄碉戍海宵吹角，陳釀浮香暖沁脾。
枕上乍醒天欲曙，十年前事已迷離。

詩題，病前嘗過金門，今別十數年矣，前游入夢，事多迷離。
烝炊，韓愈詩：「自從五月困暑濕，如坐深甑遭烝炊。」
梧州，金門之舊稱。
盈視，言極目也。
迷離，模糊不明。

曉晴

昨宵淅瀝濕庭梧，曙後初陽照屋隅。
壁上高蝸作秦篆，葉端宿雨似隋珠。
新來已厭廉貪訟，老去漸親崔魏徒。
世議公投喧未已，何如曉坐眺晴蕪。

隅，角也。
隋珠，隋後之珠，蓋明月珠也。
訟，爭辨曲直於官吏。
崔魏，謂唐賢崔尚與魏啟心。杜詩：「斯文崔魏徒，以我似班揚。」
喧，大語。
公投，公民投票。
蕪，草也。

閒居消夏

嶺雲滃滃一廊前，山麓移家舊圃邊。
電箑生風堪逭暑，盆花吐火欲焚磚。
慣看螢幕銷長晝，閒聽蟬聲憶少年。
偶亦呼朋啖清粥，解黏洗缽共欣然。

滃滃，雲興貌。
箑，扇也。
逭，逃也。
螢幕，電視。
啖，食也。

近況次莊嚴先生韻

溪山曙色與禽分，家住郊坰翠竹村。
不動高樓收雨氣，已馨釅茗浣吟魂。
悼亡無復溫鴛夢，養拙差同隱鹿門。
真感尊詩銷暑溼，渾如果凍入胸吞。

二疊韻奉寄姚植先生

桴浮溟渤想從前，日月推排不記年。
孤嶠東來避秦火，雄州南去背吳天。
青衿修業空千願，白髮罹痾了萬緣。
一蹶至今惟坐眺，閒持普洱效茶顛。

詩題，南京莊嚴先生，以詩見懷，次韻奉答。
釅茗，即濃茶，陸羽《茶經》：「一曰茶，二曰檟，三曰蔎，四曰茗，五曰荈」，蓋因采取之早晚而異其名，世亦以茗為茶之概稱。
鹿門，山名，在湖北襄陽東南，龐公曾隱於此。

詩題，姚公近作，次余〈鄉村憶往〉詩韻為之，感其意，遂二疊原韻以略述平生。
桴，編竹木以代舟，《論語》曰：「乘桴浮於海」。
吳，江蘇之簡稱。
修業，謂治其書牘。
罹，遭也。
茶顛，指陸羽。

集昭旭觀生堂

薰風樓館集朋知，晌午來看花木奇。
狎玩聊憑沙蟹局，逍遙各具海鷗姿。
相濡以沫情何厚，同啜於茶性更怡。
辯道談玄憐小聚，歡虞直到夕陽時。

與錢濟老茗話

九陽乍厲客方來，廊外青山入座陪。
電箑送風涼到骨，砂壺貯茗暖分杯。
公書一疏匡訛誤，吾句重吟待剪裁。
藝苑至今蕪穢久，披荊須仗拓荒才。

詩題，癸未夏日，信發、文華、保新、瑞騰及余，同集於昭旭宅，話茗論學，歡娛半日。

沙蟹，西洋賭戲之譯音，亦譯作梭哈。

具，備也。

啜，嘗也。

詩題，錢公濟鄂，吳人，少既以詩名飛動炎洲，有江南才子之譽，中歲旅居海外，飽覽雄秀山川，晚歸鯤嶠，猶述作不輟，真篤學士也。

九陽，謂日。

電箑，電扇。

五句，錢公所著《尚書通義》，時見創獲；疏，仄讀，疏通義理之意，如注疏；匡，正也。

蕪穢，地不治而多雜草。

殘暑

絳花鳳樹一何多，九夏流光荏苒過。
叢竹不搖風失責，疏蟬乍嘒雨來和。
但甘蔗境心猶喜，忍對梨渦髮已皤。
披卷聞歌銷晝永。孰知身上有沉痾。

二疊韻奉寄諒翁稼老

軒窗閒眺對秋梧，招手庭柯入座隅。
駑馬老來甘伏櫪，病驪睡去定遺珠。
賡詩不乏張華輩，結誼多為郭解徒。
欲就二公尋舊圃，誰知舊圃已荒蕪。

絳花鳳樹，鳳凰木花開皆紅；絳，大赤也。
嘒，蟬鳴聲。
和，平讀，相應。
蔗境，喻人生境遇由苦而甘。
梨渦，謂美人頰上之渦，即俗所謂酒渦；皤，即謂老人鬚髮白也。
沉痾，積久難癒之病。

詩題，趙諒公、龔嘉英二老，和拙作〈曉晴〉詩，悚不敢當，遂二疊原韻奉酬。
四句，相傳千金之珠，必在驪龍頷下，能得珠者，必遭其睡也，事見《莊子．列禦寇》；驪，驪龍之省稱，如云探驪、驪珠。
張華，晉方城人，博學能詩，誘進不倦，著有《博物志》。
郭解，軹人，漢之遊俠。

初陽

初陽閒幔兩邊開，秋嶺分青供剪裁。
託興都為鳥啼起，傳書不見雁飛來。
居如巢父堪逃世，詠似涪翁已奪胎。
養拙生涯過一紀，自甘愚魯作庸才。

詩題，截取全詩首二字為題。
五句，巢父姓孔，唐人，字弱翁，隱讀於徂徠山。
六句，宋黃庭堅曾貶涪州司馬，故自號涪翁，其作詩有「奪胎換骨」之法，按奪胎，即規摹他人詩意而形容之。
一紀，十二年。

樓舍夜坐成吟

燈前重讀舊詩箋，懷抱如何異昔年。
往日歡哀過巷雨，平生歲月下巖泉。
結褵曾是換庚帖，沽酒今須論甲醛。
南渡星霜不旋踵，青絲俄已變華顛。

五句，結褵，結婚；庚帖，婚禮納聘，男女雙方互換開具姓名、年齡、籍貫、三代之帖，因其載有婚嫁者之年庚，故名。
六句，沽酒，買酒；世疑大陸啤酒甲醛逾量，有礙健康，近欲查驗，以符安檢。

七夕

金風颯颯漫侵樓，入夜重陰漸冉收。
河漢流為天上水，吟蛩叫破院中秋。
鵲橋牛女情何篤，鶴髮軒廊我自愁。
堪嘆亡妻臥泉下，一年一晤尚難求。

首句，金風，秋風；颯颯，風聲；漫，隨意。
漸冉，猶云逐漸。
河漢，即銀河。
牛女，謂牽牛、織女二星。
鶴髮，狀老者之貌。

寄懷永武四韻

我居山麓君浮海，見促旋離一以忙。
傾蓋回思當北地，傳詩舊是共南疆。
旗津潮外曾窺月，苓雅筵前且舉觴。
萬里楓旌成闊別，十年塵事有滄桑。

詩題，黃永武兄，浙人，國家文學博士，曾任興大、成大文學院長，以博學幹練知名上庠，嘗與余共事高雄師院多年，屢蒙照顧。
傾蓋，駐車交蓋，事見《後漢書．朱穆傳》注。
腹聯，旗津、苓雅，皆高雄市之區名。
楓旌，喻加拿大。
闊別，猶言遠別。

次韻鶴老歸隱菱湖　二首

菱湖鷗渚泊歸舟，八十年來此息休。
久厭庭前蛙鼓鬧，愛聽塵外櫓聲柔。

煙波小櫼泛輕舟，寵辱真堪一笑休。
山色湖光相慰外，菱歌唱晚亦溫柔。

詩題，張鶴先生，字白翎，皖人，平生善吟能書，擊缽亦屢屢掄元，有聲於騷壇，近返鄉歸老菱湖，賦詩索和，因不揣譾陋，次韻奉寄二首。

陳母林太夫人輓章

懿德傳模範，興家有義方。
柏舟能矢志，萱草遠流芳。
驥子為師表，黌宮協物望。
歸真全福壽，寶婺永垂光。

詩題，陳慶煌教授之母林太夫人，平生貞堅足式，懿德可風，頃因病仙逝，享年積閏逾百齡，故特輓之以詩，用表哀慕之忱。

柏舟，《詩．鄘風》篇名，當為貞婦守節之作。

寶婺，即婺女星，今用為婦女之代辭。

遐想

獨倚吟窗遐想頻，一秋山翠與雲親。
新收蕉葉堪遮雨，舊拾榆錢好購春。
夢去峨眉望蜀月，茶來普洱帶滇塵。
興高偶欲閒呼軫，看浪聽鷗到海濱。

燕歸次諒翁韻

燕子歸來世已非，上都秋氣颯成圍。
遠邦一去危心惘，炎嶠重回絮語微。
滄海塵飛亦曾見，空梁泥落欲何依。
當年秀整羽儀改，恐是平生心事違。

遐想，遠想。
榆，植物名，果實扁圓，有膜質之翅，謂之榆莢，亦云榆錢。
峨眉，山名，位於四川。
普洱茶，出雲南普洱府，膏黑如漆，醒酒第一。
軫，車之統稱。

詩題，趙諒公丈寄示大作〈似曾相識燕歸來〉詩，蓋記老牌影星陳燕燕來台事，楮墨宣哀，語多淒惋，讀後不禁有滄桑之慼，是以次韻奉和一首。
上都，猶言京都。
颯，衰也。
腹聯，上句化用「滄海桑田」事；下句借用「空梁落燕泥」詩。

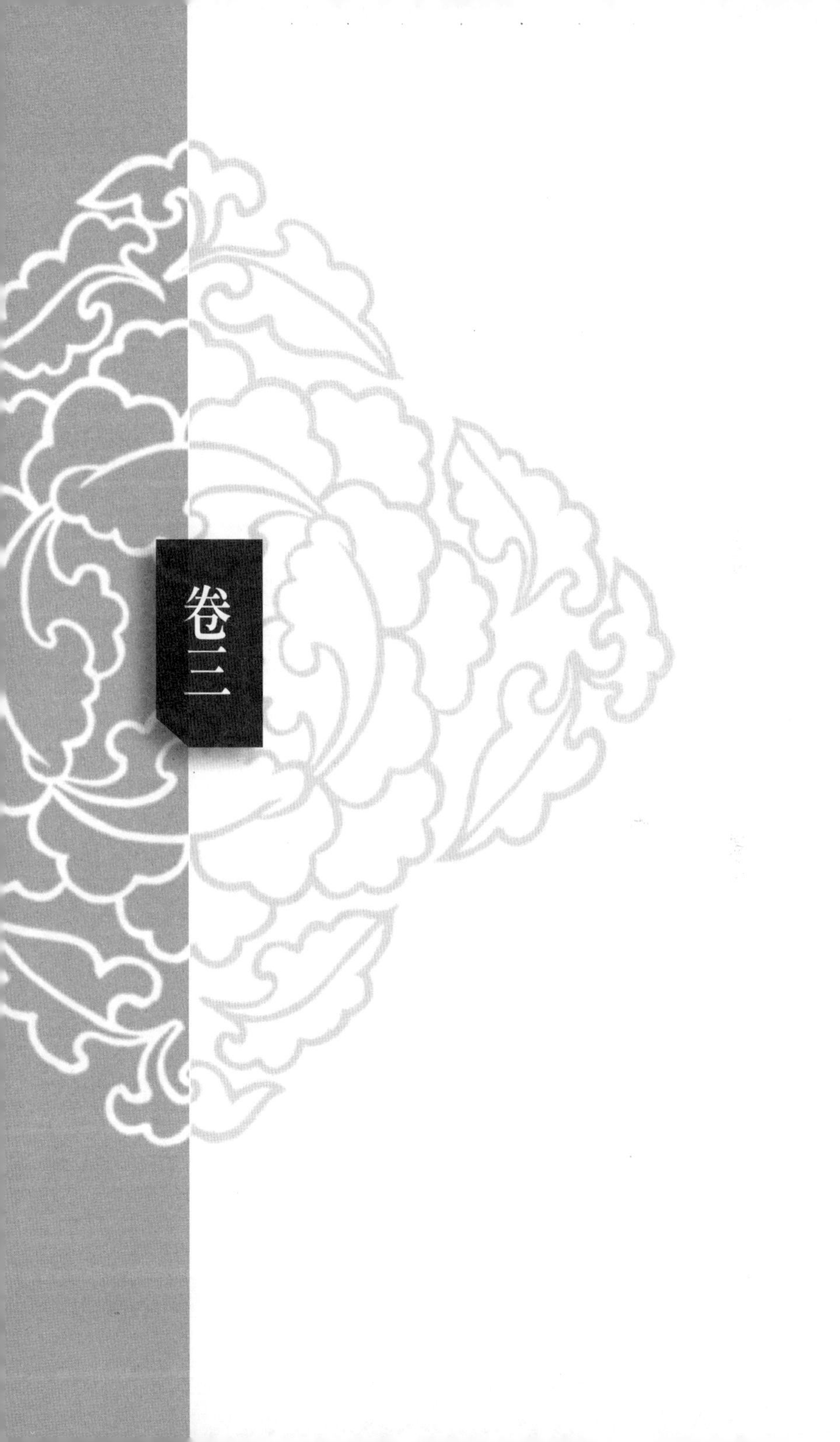

卷三

薄晚

上庠心跡託雙清，回溯東墩與北瀛。
傳道一湖分夜氣，鳴絃十載答松聲。
病休歲月披書盡，秋至詩文聽雨成。
薄晚愁看榕樹老，歸巢鳥雀尚相爭。

東墩，台中舊名。
頷聯，上句謂余於興大湖邊，嘗夜間授課；下句謂央大校園多植松樹，其聲與絃歌相應。
末聯，喻黨爭。

感時

誑言不實總荒唐，廊廟東遷負鄭王。
餘甲防秋恐生蝨，殘疆臨海莫栽桑。
欲迴鳳德歸淳俗，要使鶉衣飽太倉。
兩岸何當直航始，元戎畫餅付肌腸。

鄭王，即鄭成功。
頷聯，上句慨師老無功；下句愁滄海生桑。
鳳德，孔子曰：「鳳兮鳳兮，何德之衰？」見《論語》。
淳，厚也。
鶉衣，敝衣，喻窮者之服。
太倉，胃也。

次韻懷青雲弟

吟箋乍驚眼，流輩罕其儔。
質美紅絲硯，才高白帝樓。
襟幽竝秋至，心契以詩投。
新月天涯外，相思付一鈎。

藥樓秋集 四首

剝啄來高屐，前廳額手迎。
笑言欣接席，鮭菜助飛觥。
歐陸堡何古，粵川波尚平。
游踪話中外，對此夜燈明。

詩題，張青雲賢弟，年少善吟，亦好學，嘗以五律見贈，感其意，遂次韻奉寄一首。
紅絲硯，出青州，資質潤美發墨，為柳公權所喜用。
白帝樓，即白帝城樓，在四川奉節東之白帝山上。

詩題，癸未秋夜，克地兄嫂、芳崙、丙仁兩中將、陳顥、定西、增壽、人俊諸兄，來集寒舍，欣然共酌。
剝啄，叩門聲。
額手，以手加額，表示敬意。
觥，酒器。

偶挾秋光薄，朋攜果餅來。
黃魚頻上箸，紅酒漫斟杯。
經貿當衰季，詩文付劫灰。
青絲變鶴髮，猶是客蓬萊。

濁世迷千劫，浮生感萬端。
功名歸幻影，歲月瀉奔湍。
古誼藏心久，離懷借酒寬。
談諧兼話舊，來共一樓歡。

讌罷收盤盞，持壺帶紫砂。
小杯分浙土，活水試台茶。
好夢三通始，前塵一笑譁。
宵深人盡去，殘月已西斜。

三通，新詞彙，兩岸通航、通商、通郵謂之三通。

中秋前夕大雨

強颱挾雨洗街塵，何礙燈前病腿人。
近節先為嘗果餅，因秋不斷憶鱸蓴。
滂沱喧座懷朋遠，淅瀝催詩屬句新。
雲厚料遮明夜月，管教萬姓盡愴神。

詩題，癸未中秋前一日，強颱梅米過境不入，然其外圍環流影響北台甚鉅，天氣雨晹不定。
四句，晉人張翰，因秋風起而思吳中鱸膾蓴羹，遂命駕歸，句本此。
六句，化用杜詩：「片雲頭上黑，應是雨催詩。」
管，包管之意。萬姓，謂人民。
愴，平仄兩讀，傷也。

出院口占

杏林遇赦一車還，喜見橋身拓已寬。
莫訝秋潭小如蚌，煙波我作洞庭看。

杏林，為稱頌醫家之詞。
還，歸也。
秋潭，指碧潭，位於新店。
洞庭，湖名，在湘境，湖面廣圓五百餘里。

盤龍城懷古

盤龍城郭控川陵，承緒炎黃力尚能。
形勝千秋邀眾譽，物華九鼎聽人稱。
青銅古樸歸周土，白玉晶瑩奪楚燈。
三百紀來臨鄂渚，江流猶是說衰興。

詩題，盤龍蟄伏於長江北岸，古城雄踞於灄口南端，近咫尺而接漢口，西毗雲夢古澤，東鄰武湖烟漲，龍騰武漢，城崛黃陂；地產青銅、陶器、玉飾等，雖歷三千五百春秋，依然質樸生輝，精美絕倫。

次韻題堅老芳草閣

雙彥故居通指顧，欲尋芳躅買茲樓。
養生終信非蛇足，論畫尤尊是虎頭。
遙矚石城閒落掌，下臨淮水曲分洲。
幽棲了卻蒔花事，賡詠披書意自悠。

詩題，白堅詩老芳草閣為其書室，位於南京，憑臨秦淮河，遙望石頭城，景觀絕佳，畫家楊文聰、龔賢之故居，距此不遠，芳躅可尋。

彥，美士為彥。

頷聯，上句反用「畫蛇添足」事；下句謂晉畫家顧愷之，其小字曰虎頭。

蒔花，種花。

台員篇　擬作　七古限一東韻

羲和御日駕六龍，魯戈難挽頹陽紅。
流光荏苒一彈指。暑氣斂盡迴商風。
烏來煙雨草山瀑，溪頭篁竹南橫風。
雞籠打狗互輝映，奇萊大霸爭瑰雄。
秋陽乍厲貝湖媚，鷗波指顧仙潰通。
嘉南平陸富魚稻，萬穗壟畝環千重。
此邦民性慕節義，凜然正氣蟠胸中。
曩聞異姓輕割地，淒絕倉葛呼青穹。
爾時黔首抗倭虜，橫飛血肉當危烽。
回天費盡揭竿力，千秋遺烈驚胡戎。
重周甲子歸版籍，東遷廊廟鳴黃鐘。
建標立鵠五十載，精忠貫日如長虹。
鑄鎔橐籥振工業，核四更奪造物功。

平聲終篇一韻之七古，斷不可雜以律句，大抵出句以第二字平、第五字仄為憑（倘五字平則六字必仄），落句以第四字仄第五字平、三平落腳為式；此係古法，清王漁洋〈古詩平仄論〉言之甚詳，可細參。

待銷末俗啟教化，異端欲黜尊儒宗。
懸空溟渤發高唱，眾巖突屹青濛濛。
黃旗紫蓋運猶在，可能壯氣吞衡嵩。

閒情次戎庵詩老韻

披書賡詠托殘生，落寞從來畫不成。
且喜開軒納林壑，漸能借酒穩心兵。
聽禽聽雨閒娛性，看竹看雲懶入城。
呼軫偶然臨淡水，觀音山下大江橫。

詩題，羅尚詩老惠示近作，興來次韻奉和一首，工拙非所計也。

心兵，心感物而動，為迎為拒，如應敵然，故云。

末句，觀音山屬北縣淡水。

感秋　三首

西陸篁猶碧，東籬菊始黃。
身殘一腔淚，客久滿頭霜。
川嶺供詩料，杯甌試茗香。
今宵夢何往，飄滬抑縈杭。

濁世多蒙昧，禪為一盞燈。
興邦何所望，誓海恐難憑。
功祿隨江水，牛羊踏帝陵。
餘生眠食地，幸得近崚嶒。

西陸，指秋天，見《隋書・天文志》。
次句，陶詩「采菊東籬下」。
末句，滬，上海；杭、杭州；抑，轉語辭，猶今言還是。

蒙昧，謂昏暗也。
崚嶒，山貌。

自罹沉痼後，一紀罷登高。
難學消魂李，惟邀飲酒陶。
過籬賞叢菊，沽蟹話雙螯。
不管今何世，呼兒課楚騷。

一紀，十二年。
頷聯，上句，宋李清照詞：「莫道不消魂，簾捲西風，人比黃花瘦」；下句，晉陶淵明有〈飲酒〉詩傳世。
沽，買也。

克地伯兄游絲路歸

絲路迢迢隴樹陪，南疆新買夜光杯。
敦煌石室天山雪，料得今宵夢去來。

詩題，伯兄自大陸歸，過寒舍茗話，詳述絲路見聞，而語多依戀。
迢迢，遠貌。
隴，甘肅之簡稱。
敦煌，今縣名，屬甘肅。
天山，在新疆，山頂終年積雪。

次韻答人口詞兄見贈

沏茗秋何爽，論交誼尚存。
吾庸屬天性，汝詠託靈根。
贅似成蛇足，閒如隱鹿門。
至今艱跬步，徒羨大江奔。

陳慶煌教授惠詩次答

陳陶吟卷收溪壑，近作愈憐詩格新。
萬斛貝珠為世羨，一畦菊竹與君親。
聯猶悼母情何戚，秋正瀰天氣盡辛。
研讀經書通訓詁，平生才學似劉珍。

詩題，曾人口詞兄自雄州北上，秋日過話，別二十年矣，曾即席贈詩，才力驚人，越二日，余乃次韻奉答，略述近狀。
蛇足，用「畫蛇添足」事，喻多餘。
鹿門，山名，在湖北襄陽東南，龐德公嘗隱居於此。
跬步，半步。

詩題，陳君現任教淡江大學中文系，能詩，事母至孝，母喪，哀痛逾恒，為詩、聯以悼之。
陳陶，晚唐人，以詩名世，所作隴西行，騰喧眾口。
戚，憂也。辛，悲痛。
劉珍，後漢蔡陽人，嘗應詔校定東觀諸書，又撰釋名三十篇，見《後漢書》。

浮世

家謀廟策兩含辛，萬憾都歸旨酒醇。
已贅閒身全以病，將枯滄海漸為塵。
蓬嶠豈少紅唇族，詩苑偏多白髮人。
浮世何當銷末俗，殘疆氣象一番新。

廟策，朝堂之策畫。
旨酒，美酒。
四句，化用「滄海桑田」事。
嶠，平仄兩讀，山高也。
紅唇族，新詞彙，島中多食檳榔者，故云。

寒舍風夜

庭榕掀作怒濤音，大壑鄰樓不百尋。
人海慣看生老死，吟身真感去來今。
搖搖勁竹徒喧耳，颯颯秋風欲凜心。
微倦燈前烹茗坐，憑誰詩卷共宵深。

尋，度名，古八尺為尋，倍尋為常。
搖搖，不安定貌。
颯颯，風聲。
凜，寒也。

治慶先生贈壺

貯水端宜暖潤喉，烹茶還復試澆愁。
小壺質樸存高誼，默默相陪對晚秋。

新月

安坑眉月似彎弓，影落碧潭秋水中。
我有閒愁三百斛，被風吹向大橋東。

澆，灌漬也。
默默，無言無聲之意。

安坑，地名，在北縣新店。
斛，容器，十斗也。

浩園口占

初陽宿雨鳥聲歡，叢菊全黃槭葉丹。
坐待蒼頭澆水了，欲裁樹翠補苔殘。

伯兄過話

神州歐陸記遊踪，捷給口才談興濃。
論政何須更捫蝨，瓷杯分茗亦從容。

首句，出周邦彥詞：「葉上初陽乾宿雨」。
蒼頭，僕隸也。

捷給，謂言辭敏捷，應對不窮。
三句，用桓溫與王猛捫蝨論政事，見《晉書》；按捫蝨，狀其從容不迫無所畏忌。

石榴

西安買得石榴新，剝食清香沁齒唇。
海外未曾嘗此物，摩挲猶帶九州塵。

次韻稼老韻

賞菊季秋暮，吹梅鄰笛殘。
添衣驚露冷，抱病愴形單。
有酒蛇堪畫，無魚鋏尚彈。
何當過舍下，賡詠共忻歡。

石榴，亦名安石榴，植物名，種子有紅肉，味甘或帶酸，供食用。
沁，浸漬。
摩挲，以手撫摩。

詩題，稼老以〈青潭秋晚〉詩見示，次韻奉答一首。
季，末也。
吹梅，笛曲有〈落梅花〉。
腹聯，上句用畫蛇計盞事，下句言馮諼倚柱彈其劍鋏曰：「長鋏歸來乎？食無魚」，見《戰國策》。
忻，喜也。

兩岸

風雲一峽界神州，兩岸何當戰旆收。
鹿港堪分秦嶺月，鳳山猶接粵江秋。

此為「前散後對」之七絕，即古人所譏「半律」者是也。
神州，指大陸。
秦嶺，即終南山。
鳳山，台灣地名，屬高雄縣。
粵江，廣東珠江之別稱。

立冬

歲月驚飛矢，匆匆又立冬。
清霜薄鋪徑，鄰寺曉鳴鐘。
懷遠情何篤，尋幽意已慵。
聽歌烹茗坐，闔目憶前蹤。

立冬，節氣名，約當陽曆十一月七日、八日。
鋪，布也。
篤，厚也。
慵，懶也。
闔目，閉目。

郊居看竹

移家碧潭西，郊坰買樓館。
山翠疑飛來，庭芳付裁翦。
一紀罹沉痾，早已棄經典。
朔氣穿簾帷，瓷杯試茗荈。
耽寂攤華箋，賡詠忘晝短。
邀朋啖鮭蔬，酒醇共玉椀。
偶然喚輕車，載此朝爽滿。
乍停眺叢篁，繁綠曾不斷。
萬葉晴搖風，其聲如潮卷。
無言對猗猗，閒情得以遣。

碧潭，地名，在北縣新店。
一紀，十二年。
啖，食也。
猗猗，美盛貌，《詩》：「綠竹猗猗」。

抒懷再次戎庵詩老韻

性魯才疏誤此生，終難一賦子虛成。
誰當世變堪移俗，吾欲烽沉早弭兵。
豈有金銀堆梓澤，慙無文墨繼桐城。
窗前日暖簾帷卷；坐眺林邱秀色橫。

魯，鈍也。
次句，司馬相如嘗作〈子虛賦〉，名動天下，漢武帝讀後曰：「恨不與此人同時」。
弭，息也。
梓澤，即金谷園，晉富商石崇所建。
桐城，安徽地名，清代有桐城文派，其大家如方苞、姚鼐等，名壓千古。

力戰　中韓棒賽我隊險勝

遠赴東瀛力戰頻，擒韓此役動兵氛。
千場流盡蓬萊汗，一棒揮開札幌雲。
晦氣終憐今可吐，捷書乍報眾多欣。
厄消除卻歡呼外，端合蒼顏借酒醺。

詩題，中韓棒球賽，我隊一直居於劣勢，至延長局始以五比四反敗為勝，並湔雪前恥。
東瀛，謂日本。
蓬萊，謂台灣。
札幌，日本地名，此次亞洲四強棒賽所在地。
醺，醉也。

風雨

郭外樓台十里村，朔風慄冽雨傾盆。
閒來衣尚沾茶氣，醒後容猶印枕痕。
不謁宿儒緣病足，貪棲故紙助吟魂。
彌天陰曀當窗坐，歌哭前塵未忍論。

感事三疊戎庵詩老韻

誑言終必誤蒼生，堅忍從來事可成。
所願餘齡知養性，何當危峽早休兵。
虛名真感成雞肋，朔氣猶堪接鳳城。
入海島中能得士，邀人烹茗話田横。

慄冽，與慄烈同，寒也。
傾盆，狀大雨之勢。
謁，謂通名請見。
陰曀，陰晦貌，《詩．邶風》：「曀曀其陰」。

誑，欺也。
蒼生，百姓。
雞肋，無味之喻。
鳳城，號京都之城。
田横，秦末狄人，嘗自立為齊王，後與其從屬五百餘人，亡入海島，未久，避辱自殺，居海島中之五百人，聞横死，亦皆自殺，後世因美横能得士。

冬襟二疊韻寄龔稼老

餘生養拙住郊村，為樂而歌自叩盆。
日暖開簾延竹色，庭閒取葉補苔痕。
獨醒尚掛屈原淚，聯詠欲招韓愈魂。
高屐如過沏茶待，少陵詩法倩翁論。

客來

丹橘黃蕉取次嘗，飄襟同領一絲香。
樓中語笑招禽答，席上杯盤燙酒忙。
游屐君猶話吳蜀，清詞吾自愛周姜。
興高此日忘移晷，不覺廊前已夕陽。

次句，《淮南子》：「窮鄙之社，叩盆拊瓴相和而歌，自以為樂。」
五句，屈原〈漁父〉：「舉世皆濁我獨清，眾人皆醉我獨醉。」
六句，韓愈與孟郊有聯句之作。
末句，杜甫號少陵；因稼老精研杜詩，蜚聲台澎，故云；倩，請也。

吳蜀，吳，江蘇舊稱吳；蜀，四川之別稱。
周姜，謂北宋周邦彥、南宋姜白石，俱宋詞人。
晷，以表度日，亦作日景解。

絕句 七首

雞犬時相聞，桑竹澹吾慮。
桃源藏於胸，何須問津去。

蒼頭攜斗金，初沽大閘蟹。
可知萬峰青，不用一錢買。

閒詠臨池亭，宮徵鳥猶吐。
客去殆半旬，苔破徐已補。

上燈及初昏，游女趨夜店。
吾病獨忍閒，普洱一杯釅。

默坐聽老歌，所思被花惱。
燈下弔影孤，前塵未忍掃。

晉陶淵明〈桃花源記〉云：「土地平曠，居舍儼然，有良田美池桑竹之屬，阡陌交通，雞犬相聞」；末云：「後遂無問津者」。

蒼頭，僕隸。
沽，買也。

宮徵，宮商角徵羽曰五音。
旬，十日。

夜店，新詞彙，如pub之類。
普洱，茶名，產於雲南。
釅，味厚。

沿鐘尋寺門，虔虔禮寶殿。
人來皆乞求，只恐神亦倦。
歲晚傷流光，荏苒換新曆。
豈願千里奔，病馬甘伏櫪。

稼老過話

高屐從容到此廳，迓公惟有眾山青。
銜杯共飲醪如火，拱手相看髮已星。
朔氣彌天催木落，寒花沾露染衣馨。
少陵詩法閒談罷，欲話松根老茯苓。

虔，敬也。
伏櫪，魏武帝樂府：「老驥伏櫪，志在千里。」

從容，舒緩貌。
迓，迎也。
少陵，詩聖杜甫之字號。
茯苓，藥草名，《淮南子》：「千年之松，下有茯苓。」

訟庭

三年政何衰，其咎在官拙。
貪墨邪成風，直論噤勿說。
朝吏重佞諛，廉能固不屑。
訟庭畏強權，念之憂思結。
期來包龍圖，行事如截鐵。
斷案秉大公，所履亦至潔。
訟界當自清，以茲為圭臬。
骨傲勝竹梅，何惜國本裂。
司法苟如斯，黎元悉怡悅。
黃旗卓東南，佳哉運未絕。

貪墨，犯而取之。
包龍圖，即包拯，字希仁，宋合肥人，性峭直，仁宗授龍圖閣直學士。
圭臬，圭，測日影之器；臬，射之準的。故凡標準皆稱圭臬。
黎元，黎即黎民；元即元元。民之概稱也。

醒後

徐動曙光窗已明，鯤南夢斷不勝情。
飛來屋角雙雙鳥，銜出寒冬一片晴。

鷗鷺

鷗鷺都來共結盟，韶光已是十年更。
閒招白月陪茶座，偶取紅螺作酒觥。
舊櫪自當棲老驥，滄溟誰與掣雄鯨。
平居除卻顒望外，何敢傳經效戴彭。

鯤南，泛指台灣南部，此係余少年前眠食嬉遊之地。

詩題，取本詩第一句首次二字為題。
更，過也。
紅螺，李珣詞：「傾綠蟻，泛江螺，閑邀女伴簇笙歌。」
腹聯，上句用魏武帝樂府：「老驥伏櫪」；下句反用杜詩：「未掣鯨魚碧海中」。
顒望，抬頭呆望。
戴彭，謂漢彭宣與戴崇，二人皆張禹弟子，禹明習經學，精治論語。

題壁

卜宅棲山麓，篁青供剪裁。
漸寒貪日暖，遲答愛詩來。
已厭巵言誑，空懷客地哀。
體衰年亦老，何意夢陽台。

寒流四疊韻寄戎庵詩老

漸竭蒼溟桑欲生，寒流周星釀愁成。
台澎餘甲閒棲蝨，江浙雄碉久戍兵。
衣袂曾沾三竺雨，吟鞋記踏五羊城。
游踪回溯都如夢，足躓空嘆一峽橫。

卜宅，卜居，擇居所也。
供，平仄兩讀，供給。
四句，吳梅村詩：「不好詣人貪客過，慣遲作答愛書來。」
巵言，謂支離無首尾言也。
老，隋以六十為老，見《文獻通考．戶口考》。

首句，用「滄海桑田」事。
三竺，即上、中、下三天竺，在杭州西湖附近。
五羊城，廣東廣州之別稱。
躓，跲也。

客過

攧鈴丁東到高扆，額手相迎值寒夕。
沙壺瓷杯沏釅茶，據案欣欣話疇昔。
吾罹沉痼一紀餘，漸冉鬱邑化閒適。
拚將心力藝缽花，更積詩稿卷盈百。
今宵都講聯袂過，古誼醰醰出肝膈。
上庠覶縷畸聞多，語笑生歡欺山月。
不嫌郊坰翅鮑無，乘興來共壁燈白。
茗煙已歇涉夜歸，露冷風寒星堪摘。

詩題，十一月望夜，沈謙、何淑貞、鄭明娳諸教授，課餘見訪，晤敘甚歡。
攧，按也。
丁東，狀聲之詞。
額手，以手加額，此以示敬。
欣欣，喜樂貌。
一紀，十二年。
鬱邑，愁貌。
閒適，閒靜安適。
都講，謂主持講學之事者。
醰醰，味厚。
覶縷，次序。
翅鮑，謂魚翅與鮑魚，皆食中之珍品。

次韻以仁教授五絕舊作 四首

鯤嶠微霜冷，川陵薄晚時。
蒼烟松謖謖，珍重歲寒姿。

鯤嶠，指台灣。嶠，平仄兩讀。
謖謖，峻挺貌。

月星收一甕，釀作夜斑斕。
望日如陰晦，持其代玉盤。

甕，盛酒漿具。
斑斕，文采貌。
玉盤，謂月也。

琴曲鼓已殘，雋永接詩趣。
試聽餘響清，裊裊滿江樹。

鼓，凡敲擊彈奏皆曰鼓。
裊裊，狀音之悠揚。

簷雀銜初陽，朔風搖庭草。
詩意紛沓來，收之入孤抱。

紛沓，繁雜之義。

東遷

渡海今過五十秋，堯封百戰賸瀛洲。
赤烽欲灼炎方竹，黔首偏多勇士頭。
漸厲選風招物議，誰緣導彈拼公投。
拊心國事徒增慨，那抵支頤一闔眸。

堯封，古神州。
瀛洲，指台灣。
黔首，百姓。
厲，惡也。
物議，世人之譏議。
拊，與撫同義，以手撫慰。
頤，面頰。
闔，通合。

稼老過寒舍茗話歸後有詩次答兼呈諒翁

青潭耆宿訪郊居，閒話詩文試茗餘。
已積浮雲山入座，乍過驟雨水周廬。
昭彰跌宕陶潛句，明絜精微李耳書。
公與諒翁真逸者，飄然依舊海鷗如。

耆宿，謂年高而素有德望者，青潭耆宿，因稼老卜居青潭，故云。
五句，梁啟超謂陶潛詩「跌宕昭彰」。
李耳，即老子，楚苦縣人。
逸，隱遁。

至日漫興

節氣逢冬至，天寒坐欲僵。
小鍋烹粉餌，釅茗沃詩腸。
丘壑望都熟，窮通棄已忘。
明朝量日影，紅線恐添長。

浩園

花苑寒飛香，嫣然入詩句。
匝地一品紅，能邀晚霞妒。

冬至，節氣名，陽曆十二月二十二日或二十三日為冬至。
粉餌，湯圓。
七八句，《歲時記》：「魏晉間，宮中以紅線量日影，冬至後日影添長一線。」

浩園，新店玫瑰中國城寒舍前之中庭。
首次句，姜白石詞：「嫣然搖動，冷香飛上詩句。」
匝，周也。

山城夜話

客來小讌一相親，論以丹青下酒頻。
稍摒冬氛薑母鴨，能通繪事李公麟。
南廳語笑閒烹茗，東序歡哀早委塵。
蓮社已空霜露冷，撟然誰是出牆筠。

薑母鴨，補品之一種，以火鍋燉食。
李公麟，宋元祐進士，工畫，所作山水佛像，自成一家。
東序，夏之大學。
蓮社，本用晉慧遠在廬山結社事，此借喻詩社。

二疊韻寄戎庵詩老

東遷五十四春秋，川陸冬來尚綠洲。
風露遙天凜鰲背，詩文少日佔龍頭。
卜居郭外身堪隱，買醉人間轄自投。
沉痼相陪驚晝短，閒為鄰壑睇吟眸。

凜，寒也。
鰲背，鰲，海大鱉也；鰲背，喻台灣。
龍頭，狀元之稱。
卜居，擇居所也。
投轄，漢陳遵好客，每宴會，輒取客車轄投井中，見《漢書．陳遵傳》，此處借其義而化用之。
睇，盼也。

三疊韻再寄戎老龍定室

菊委楓枯早褪秋，誰憑冬象畫滄洲。
欲收山色歸黃卷，默聽江聲換白頭。
嗟我回思千計誤，與公賡詠兩心投。
碧潭只在安坑外，岸竹搖青豁病眸。

委，悴也。
褪，色減。
滄洲，謂水隈之地，常用以稱隱者之居。
黃卷，即黃紙，古人書寫時，有誤可以雌黃塗之，又能防蠹。
七句，碧潭、安坑，俱地名，屬北縣新店。

歲暮抒懷

廣城殘臘欲晴天，如矢分陰莫問年。
山脈猶來陪曉座，川流不舍換華顛。
雙清心迹寒霜外，一暖脾腸釅茗前。
蛇足餘齡身是贅，賡吟還復事丹鉛。

殘臘，即歲暮，陰曆十二月為臘月。
四句，《論語》「子在川上曰：『逝者如斯夫，不舍晝夜。』」舍，息也、止也。
蛇足，用「畫蛇添足」事，比喻多餘。
丹鉛，謂校訂之事。

水仙　花為佩玲女弟所贈

花光裁取菊衣黃，葉色奪將萱草綠。
喚得閒雲伴影孤，一盆幽夢詩堪錄。

元日試筆

翻空爆竹迓凌晨，薄海騰歡慶甲申。
遠匯江河分沃野，相通嶺陸報初春。
鼓鑼聒耳能生憶，詩賦藏心不算貧。
紫氣東來排闥入，陽中光景一番新。

水仙，花名，《群芳譜》曰：「叢生，根似蒜頭，外有薄赤皮，冬生，葉如萱草，色綠而厚，冬間，葉中抽一莖，莖頭開花。」首句，《山堂肆考》曰：「世以水仙為金盞銀台云云，至千葉者花片捲皺，上淡白而下輕黃。」

迓，迎也。
甲申，即民國九十三年，亦西元二〇〇四年。
聒，聲擾。
排闥，推門。
陽中，春也。

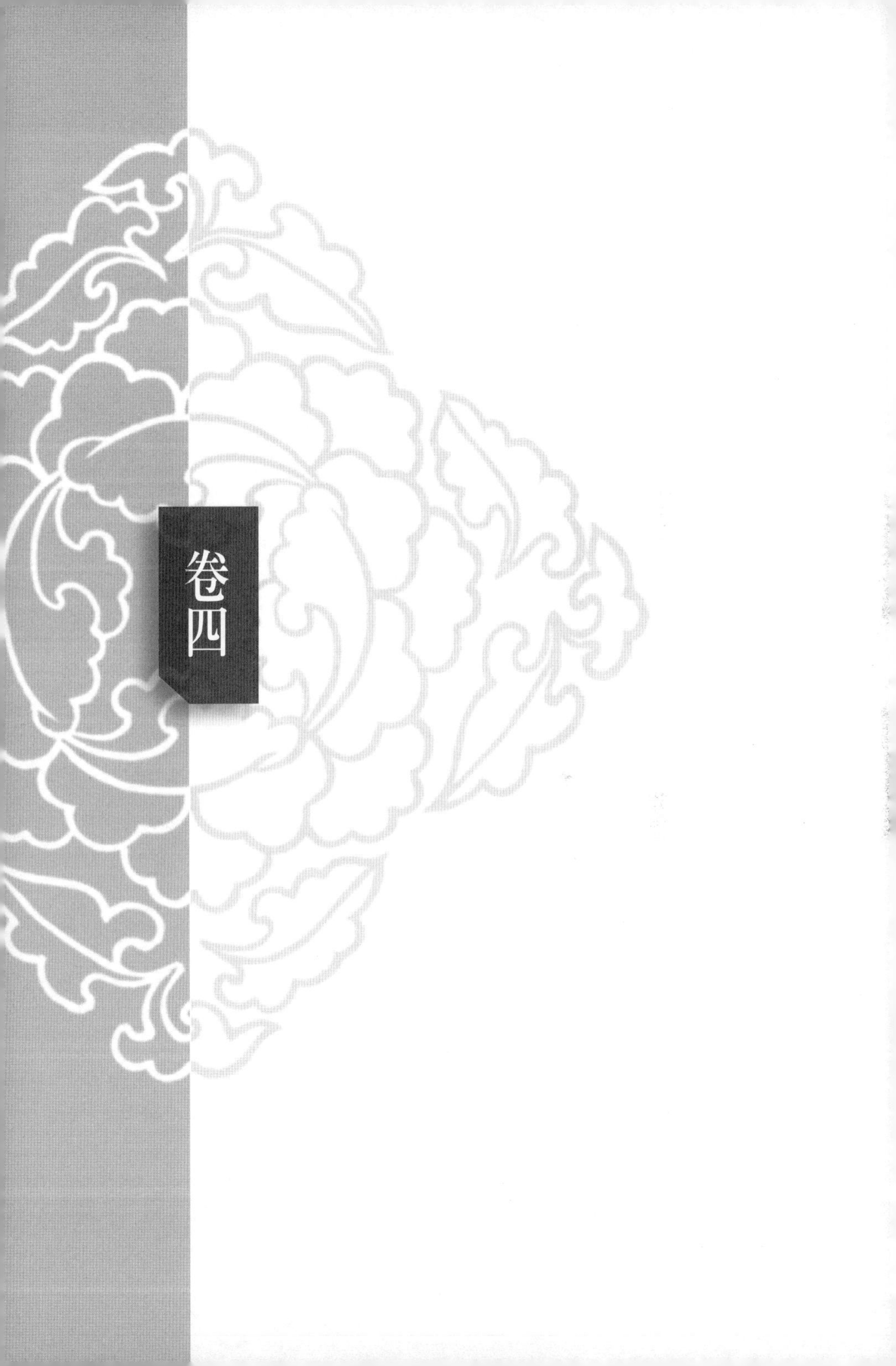

卷四

碧潭晚眺

停車坐愛索橋幽，橋下春波緩緩流。
兩岸清風人釣月，一潭小檝客呼舟。
裁詩舊錄飛天夢，沏茗曾烹落第愁。
扶病何當重泛舸，量篙煙水記前游。

漫成三絕句

讌罷歸來酒未消，飆車簸夢過長橋。
山燈照夜樓千戶，只隔潭波百丈遙。

雨後長虹飲澗明，寺鐘一杵報初晴。
叢篁都在春風裡，譜出病來閒適情。

索橋，碧潭吊橋，以鐵索架成，懸於水面，故云。

前游，甲寅中元前二日，嘗與友人乘舸泛月，歡飲潭上。

簸，搖動。

長橋，指碧潭石橋。

閒適，謂閒靜安適也。

回溯前游夢已塵，何堪沉痾十三春。
餘生除卻烹茶外，惟是裁箋賡詠頻。

沉痾，重病。

新春雜詠 四首

抱病寒依榻，看山懶入城。
潭遙不三里，花秀已千莖。
睡起貪朝爽，閒來詠夕晴。
相陪惟茗釃，默坐聽春聲。

春聲推不去，颯颯滿前廳。
幽鳥含宮羽，微風動竹萍。
聞歌知鳳律，啜茗對螢屏。
鎮日閒無事，卷帷花遞馨。

宮羽，五音曰宮商角徵羽。
鳳律，後世稱律曰鳳律。
螢屏，電視。

園裡花爭豔，奇哉午蔚霞。
流光催火鶴，淑氣養山茶。
茗沏三杯釅，朋來一笑譁。
同論禹甸事，軟語憶吳娃。

蔚，文采盛也，音鬱，如雲蒸霞蔚。
火鶴，花名。
山茶，植物名，春日開花，形大，色紅或白。
三首腹聯，言王明經、施惠見訪，晤敘甚歡。
禹甸，指中國。
吳娃，謂江蘇女子。

禹甸多形勝，游踪記昔曾。
鍾山驚鳳蝶，灘水話魚鷹。
北地分寒冽，南都接鬱蒸。
前塵莫回溯，回溯客愁增。

鍾山，南京名勝。
鳳蝶，蝶之一種。
灘水，即灘江，屬廣西桂林。
魚鷹，水禽名，善捕魚。

登月

創舉真堪詫一塵，巨鞋踏破廣寒春。
瓊樓玉宇皆烏有，那覓攀天竊藥人。

詩題，追溯美邦阿姆斯壯登月事。
一塵，道家以一世為一塵。
三句，蘇軾詞：「瓊樓玉宇，高處不勝寒」，蓋謂月也。
竊藥，《淮南子．覽冥》：「羿請不死之藥於西王母，姮娥竊之奔月宮。」

上元

魚龍漫衍九逵寬，人海車潮螢幕看。
燈影平溪添夜媚，炮聲鹽水聒春寒。

詩題，陰曆元月十五日為上元。
魚龍漫衍，戲術也。
九逵，通衢。
螢幕，指電視。
平溪，地名，在台北縣，以施放天燈知名。
炮，俗稱爆竹。
鹽水，鎮名，屬台南縣，以射蜂炮享譽全島。
聒，聲擾。

賓至

棕櫚青翠撲窗濃，高屐同過不用筇。
看嶺都分春一色，披襟能飲酒三鍾。
何須論政捫群蝨，且欲修心制毒龍。
語笑渾忘移日晷，聽人禹甸話游蹤。

神舟五號巡天喜作

休夸列子御長風，不羨姮娥奔月宮。
碧落飛船今遠翥，雙星豈必藉橋通。

詩題，傳公校長，邦雄、崑陽兩教授暨修仁賢弟，春日過舍，把酒言歡。
筇，竹名，筇竹可為杖，故杖亦稱筇。
鍾，酒器。
五句，捫蝨論政，見《晉書・王猛傳》，按捫蝨，狀其從容不迫之意。
六句，用王維詩：「薄暮空潭曲，安禪制毒龍。」按毒龍，喻機心妄想。
晷，日景。禹甸，指中國大陸。

神舟五號，火箭名。
夸，通誇。列子，書名，舊題周列禦寇撰，其言迂僻詼詭，多後人竄入之偽作。
姮娥，後作嫦娥，因避漢文帝諱而改，《淮南子・覽冥》：「羿請不死之藥於西王母，姮娥竊之奔月宮。」
碧落，天也，翥，飛舉。
雙星，謂天上牛郎、織女二星。
橋，指鵲橋，《風俗記》：「七夕織女當渡河，使鵲為橋。」

藥樓春集

藥樓午聚共春寒，茗罷筵開客盡歡。
庋架書香入魚蟹，沿廊花氣落杯盤。
偶因博塞慚蓮座，各以詩文壯杏壇。
怪底笑言銷宿怨，新來胸臆漸加寬。

春襟

平生不負是吟筒，每到花時興更濃。
芳草薰衣蘭九畹，繁星沉水粟千鍾。
經深重讀生疏卷，足蹶徒歆少壯農。
莫向蝸居笑寒賤，猶多溪壑匿吾胸。

詩題，春日昭旭、沈謙、文華、雄祥、幸福、瑞騰諸教授，過舍酒集，盡半日之歡。
庋，置也。
博塞，局戲。今多作「賽」。
蓮座，蓮花之台座，謂佛座也。
杏壇，孔子講學之處，比喻黌宇。

九畹，《離騷》：「余既滋蘭之九畹兮」，後世因以九畹為蘭之故實。
鍾，量器名。
歆，欣羡之意。
寒賤，猶言寒微。
蝸居，後人用此，喻居處隘陋之代辭。

壽伯元學長七十

七秩清臞態，依然健鶴如。
銜杯能吸海，濡墨尚工書。
詩繼樂天後，學追蘭甫餘。
一樽遙祝嘏，願汝卓吟旗。

鳳城即景

江流西走大橋橫，氣暖鳳城花樹榮。
鶗鴃林邱春已滿，杜鵑城郭雨初晴。
沿陂翠聳三千竹，照嶺紅燒十萬櫻。
人海車潮看不盡，斜陽樓館晚風生。

詩題，前師大教授陳君新雄，字伯元，贛人，平生淹貫經史，能詩喜楷書，善飲，精聲韻學，述作甚夥，今年屆七十，故特賦此祝嘏，以表賀忱。
樂天，白居易字，為中唐著名詩人。
蘭甫，清人陳澧之字，澧博覽多通，凡聲律古文，風詩倚聲，無不研習，著有《漢儒通義》、《切韻考》等若干種。
祝嘏，今謂祝壽。
旗，旗名。

鳳城，京都之城。
江流，謂淡江。
大橋，指螢橋。
鶗鴃，鳥名，即杜宇。
杜鵑，花名，北市市花。

溯往

樓舍閒坐眺，動變隨浮雲。
事往漫相憶，南北春平分。
碧潭泛雙楫，弓橋斂塵氛。
煙波洗疲累，崖亭茶尚薰。
雄州十餘載，上庠授詩文。
旗津看潮卷，港埠茹羶葷。
崁城鳳花赤，課罷才斜曛。
店肆咖啡釅，品嘗話奇聞。
東墩霓燈的，辟雍舌耕勤。
長記烹茗荈，瓊花散微芬。
晝夜四都邑，視作活骨筋。
中年臨黌宇，頗欲更策勳。
前游似夢寐，回溯仍多欣。
何堪罹沉痾，索居久離群。

斂，收也。
薰，花草香氣謂之。
茹，食也。
羶葷，羶，羊脂；葷，俗謂肉食曰葷。
釅，味厚。
東墩，台中古名。
的，明也。
辟雍，周大學之名。
黌宇，學舍。
罹，患也。
沉痾，重病。
索居，離朋友而散處。

漫興

偶從書帙廣新知，每喜函來愧答遲。
卜子夏尊三代學，王壬秋擬六朝詩。
看雲曾濕蘭陽雨，追夢誰同竹塹卮。
讀畫聽香愛閒詠，春風樓舍晚霞時。

耽閒

釅茗陪孤寂，春來鎮日閒。
曉看山默默，晚聽雨潺潺。
養拙郊坰外，賡吟楮墨間。
明朝又驚蟄，蛺蝶漸飛還。

子夏，卜商之字，春秋衛人，孔門弟子，與子游並列文學科。
壬秋，清王闓運字，湘人，五言古沉酣於漢魏六朝者至深。
蘭陽，謂宜蘭蘭陽平原。
竹塹，新竹古名。

耽，樂也。
釅茗，濃茶。
鎮日，猶常日耳。
潺潺，雨水聲。
賡，續也。
驚蟄，節氣名，在陽曆每年三月五日或六日。

感春

功名已誤惜華年，肉食人庸莫問天。
民昧終須為附隸，時危端合作幽僊。
烹鐺藥餌難祛病，錄夢詩篇不兌錢。
心緒消沉閒眺晚，春風吹雨到愁邊。

山麓久居意忽忽不樂偶作

薄晚春寒以雨增，如山愁緒忽崚嶒。
身殘無復游京口，客久何堪夢秣陵。
遠海金援多似草，凡塵人醉難同僧。
孤胸積憤終崩裂，上塞蒼天下翠塍。

肉食，謂享有厚祿之官吏，《左傳．莊十年》：「肉食者謀之，又何間焉！」
昧，昏亂。
隸，賤者之稱。
僊，同仙。
藥餌，謂藥物調補之品。
祛，攘卻。
兌，換也。

以，因也。
崚嶒，山貌。
京口，地名，今江蘇鎮江。
秣陵，約為今南京市地。
塍，田畦。

次韻文華春寒詩

淝水功成想謝安，茫茫千古一憑欄。
陵湖公昔胸何廣，蹇剝吾今夢亦寒。
偶拊書眉生舊憶，漫尋詩眼得新歡。
銜杯倘汝來同饌，廊有盆花秀可餐。

詩題，前師大教授陳君文華，退休後受聘於淡大迄今，平生善曲能詩，飲酒非千杯不歡，真脫略士也，頃以〈春寒〉詩見寄，謹奉答一首。
淝水，在安徽合肥，苻堅南侵東晉，謝安拒敵於此。
謝安，晉陽夏人，字安石，風度秀徹，神識沉敏，曾於淮淝大破苻堅，世稱謝太傅。
蹇剝，謂時運不利也，按蹇與剝皆易卦名，故並舉以為言。
拊，與撫同義。書眉，書之板匡上端稱書眉。
銜杯，以口含杯飲酒。饌，飲食也。

月夜不寐

樓舍休燈坐，安閒啜釃茶。
還邀半規月，來照一庭花。
歌憶芎林好，人思約堡賒。
中宵倦不寐，寂謐似僧家。

釃茶，濃茶。
半規，半圓。
芎林，地名，屬新竹縣。
約堡，南非約翰尼斯堡之省稱。
賒，遠也。
謐，靜也。

明夜復作一首

月明瀉清光，下照山媚嫵。
樓台三萬燈，櫛比五千戶。
篁竹當社前，猗猗影難取。
春風夜搖花，繁絃不到處。
鄰笛潛飛聲，裊裊吹角羽。
披書對芸窗，裁詩法韓杜。
閒啜普洱茶，香釃勝糟醑。
沉痼十二年，難為探戈舞。
所羡唯健兒，其勁在腰膂。

櫛比，如梳齒相比，言密也。
猗猗，盛貌。
裊裊，狀音之悠揚。
芸窗，書窗。
韓杜，指唐詩家韓愈與杜甫。
糟，酒滓。
醑，美酒。
沉痼，重病。
膂，脊骨。

大選

瀛洲此日選真賢，謠諑紛紜貫耳邊。
何處飛來雙子彈，一槍聲破蔚藍天。

瀛洲，指台灣。
謠諑，謠言。
紛紜，多貌，又亂也。
蔚藍天，謂深藍之天色也，杜詩：「上有蔚藍天」；比喻某政黨。

夜讌 六首

圍筵語生歡，鄰笛擫宮羽。
計盞共畫蛇，不知屋外雨。
鮭魚壓瓷盤，銜杯共糟醑。
怪底忽見霜，點髮密如許。

詩題，定西假寒舍招飲，丙仁將軍、宗渝伉儷暨增壽、人俊二兄在席，予別後有作。
宮羽，宮商角徵羽，謂之五音。
計盞句，用畫蛇賭酒事。
糟，酒滓。
醑，美酒。

客從美洲來，猶攜海雲白。
論交誼何深，不容遠洋隔。
決賭大選前，清談夜讌後。
謠諑彌天飛，槍擊啟疑竇。
讌罷傾砂壺，鬥茶興尤好。
但使胸藏丘，莫為塵事惱。
論政引興高，雄辯似河瀉。
夜深人俱歸，孤寂滿寒舍。

彌，滿也。

雄辯句，劉令嫻文：「辯同河瀉」。

閏二月

一閏增春媚，浩園花木馨。
閒裁山樹碧，來補社篁青。
披卷能知史，焚香欲拜經。
陶情緣底物，書畫滿前廳。

詩題，甲申之春，閏二月。
浩園，寒舍前之庭園名。
緣，因也。
底，疑辭，猶何也。

真相

六時詭詐竟為功，槍擊疑雲尚塞空。
雄劍重揮誅馬首，黎民一怒砸蛇籠。
欲將真相還天地，要使流言付雨風。
五十萬人同吶喊，長衢無數小旗紅。

六時，佛法分晝三時夜三時，合一日夜為六時。
三句，陳亮，字同甫，宋人，屬浙永康學派，嘗謁辛稼軒，策馬過橋，馬不肯前，亮怒，拔劍斷馬首，稼軒壯之，遂與訂交。
黎，黑也，民首皆黑，故曰黎民。
蛇籠，新詞彙，等同拒馬，警方設作防堵之用。
衢，四達謂之衢。

詠杏　用榮生先生韻

紫萼紅芳欲鬧春，十分藻麗態尤新。
一枝莫出牆垣外，只此庭前已惱人。

首句，宋王禹偁〈詠杏花〉詩：「紅芳紫萼怯春寒」；晏殊詞：「紅杏枝頭春意鬧」。
藻麗，色彩豔麗。
一枝句，宋葉紹翁詩：「春色滿園關不住，一枝紅杏出牆來。」

薄晚

春風浩園前，策策老榕樹。
鳥雀爭巢歸，銜得夕陽暮。

浩園，寒舍前之花園名。
策策，狀聲之辭。

聞歌 四首

一曲輕柔近耳邊，蘇州河畔唱纏綿。
清歌重聽餘惆悵，已隔滄桑四十年。

〈蘇州河畔〉，老歌名，曲調宛轉柔美。
滄桑，即滄海桑田，喻世事之變遷。

山林初墾髮猶青，黌宇花開夢亦馨。
且更尋聲憶容美，春風歌扇小娉婷。

黌宇，學舍。
娉婷，美好貌。

宛轉聲柔逐耳歌，雪兒輕唱得春多。
歡哀都在宮商外，回首前塵髮已皤。

宛轉，言委宛隨順。
雪兒，唐人李密之愛姬，善歌。
宮商，五音之二。
皤，謂老人鬚髮白也。

愛聽娥眉一曲柔，猶思唇齒引清謳。
好音莫道魂牽久，只此歌聲願已酬。

娥眉，喻美人。
謳，徒歌曰謳。

晚春

地小殘疆草木深，時危誰有餞春心。
寒盟兩鵲猶爭食，早被流鶯笑不禁。

此詩用比興之體，喻某政黨鬧內訌。

閒適

閒烹活水試新芽，啜罷台茶日已斜。
坐領春風無一事，披書聊復送年華。

啜，嘗也。
台茶，泛指台灣茗茶，如凍頂烏龍、文山包種是。
領，受取。

奉贈鼎新詩老　五首

書法聯鈔序跋詩，平生所學盡堪師。
楊公惟愛揚人善，題詠猶聞及項斯。

著作算來堪等身，並時儕輩更無倫。
如今八表同昏日，寫字吟詩養性真。

詩文十輯自磨研，才氣隨春壓眾巔。
早信浮榮歸幻滅，惟留名姓託書傳。

駿爽詩成晚更工，古風近體有深功。
才高欲撼九重月，格老堪追三立翁。

記曾蒼海見紅桑，矍鑠今如健鶴翔。
八五春秋欣祝嘏，身殘遙晉菊花觴。

項斯，唐人，初無名，楊敬之愛其才，並贈以詩，未幾，名聞長安。

三立翁，謂晚清詩人陳三立也。

無題

海陸迢迢望欲迷，心通一點有靈犀。
模稜深語無人會，分付晴鳩與雨鸝。

山城閒坐

憑軒坐眺一城幽，樓外山光指顧收。
少擲青春成晚悔，老添白髮忍閒愁。
足殘愈覺晴江遠，人寂頻聽舊曲柔。
披卷重吟柳園集，清詩跌宕甲同儔。

迢迢，遠貌。
靈犀，犀有神異，表靈以角，見《神州異物志》。
模稜，是非無所抉擇之謂。
鸝，即黃鶯。

江，謂淡江。
舊曲，指周璇、吳鶯音等所唱之老歌。
柳園集，即《柳園吟草》，為今人宜蘭楊君潛先生所著詩集。

孟夏漫興

電箑生風逭暑時，貪涼不許剖瓜遲。
四圍山色遙歸掌，幾簇花光媚入詩。
釃茗分香思陸羽，清詞挺異愛姜夔。
偶然舍下邀朋坐，閒話文章共酒巵。

電箑，電扇。
逭，逃也。
簇，攢聚。
陸羽，唐竟陵人，字鴻漸，嗜茶，著有《茶經》三篇，後世祀羽為茶神。
姜夔，宋鄱陽人，字堯章，號白石道人，工詩詞，曉音律，為一代作者。

客過

高屐從容至，烹茶拾墜歡。
招山陪語笑，過午謝杯盤。
黌宇尋前夢，朝堂恥佞官。
談諧銷晝永，不覺日將殘。

詩題，淑貞、沈謙、雄祥、明娳諸教授及得月女弟，午後過話，日斜始歸。
黌宇，學舍。
朝堂，君臣謀政事之處。
佞官，卑諂硬拗之官吏。

無題

初陽大道一車馳，九畹看蘭覺露滋。
回溯前塵過兩紀，花香猶是昔游時。

九夏即事 三首

桄榔護鄰舍，坐眺一山橫。
偶矣耽沙蟹，難哉掣海鯨。
身殘隱幽築，口訥謝浮名。
前塵紛在念，回首不勝情。

九畹，為蘭之故實，《離騷》：「余既滋蘭之九畹兮」。
紀，十二年為一紀。

沙蟹，西洋賭戲，亦譯作梭哈。
海鯨，杜詩：「未掣鯨魚碧海中」。

朱樓慰寂謐，午饌賓清樽。
芹筍香堪試，雞豚死不冤。
浮名風外杵，厚祿水中礬。
歷歷前歡在，憑誰一一言。

賓，置也。
杵，擣衣之槌。
礬，明礬，入水即溶。
歷歷，分明貌。

瀛海無誠信，誑言來似濤。
民居新黑戶，水貨大紅袍。
孤島妖氛重，神州殺氣高。
心甘殉兵燹，以解此生勞。

黑戶，新詞彙，謂幽靈人口匯聚之所。
水貨，新詞彙，言走私物品。
大紅袍，茶名，產於神州。
殉，從也。

夜歸浩園

暑氛稍斂夜初涼，路轉長橋到此堂。
沉水月光閒可掬，入簾山色晚猶蒼。

斂，收也。
掬，兩手承取。
軒，窗也。

親朋已覺車過少，老病真嫌藥煮忙。
何處蛙鳴聲沸地，憑軒坐領滿園香。

薄暮

山城日落閒庭暮，鳳樹花紅晚霞妒。
卷帷坐眺歸雀忙，年少前塵不敢顧。
但看缽花便是春，怕詠石鼓難終句。
兩秋寫就一部詩，十載欲製三都賦。
卜居郭外自棲遲，認作桃源應非誤。
流雲俄頃飄低空，重嶺橫亙翳復吐。
賡吟披卷薰風前，時有鄰笛慰沉痼。
心藏丘壑胸吞江，元亮子陵何足慕。

石鼓，韓愈七古〈石鼓歌〉，奧衍難讀。〈三都賦〉，左思撰，耗時十年。
桃源，即桃花源。
元亮，陶潛之字。
子陵，即嚴光，亦隱士。

錢濟老過話

剝啄來高屐，論詩釅茗前。
別才吾豈敢，博學子當然。
濡沫供枯鮒，關心到病蟬。
還憐饋金意，悃愊塞蒼天。

秋夜

一抱沉綿意，壁燈相對愁。
遠招荒嶺雨，來濕小城秋。
賡詠烹新句，支頤溯舊游。
不眠依短榻，閒適坐重樓。

剝啄，叩門聲。
別才，嚴羽《滄浪詩話》：「詩有別才，非關書也。」
鮒，鯽也。
饋金，贈金。
悃愊，至誠也。

沉綿，謂其病纏綿不已也。
賡，續也。

文華秀榮見訪

簷鵲晨啼喜，佳朋午後來。
分杯茶尚釅，論事語多詼。
釁宇知殊譽，書坊見儁才。
須臾夕暉晚，歸軫載秋回。

釅，味厚。
詼，戲謔。
儁，特異。
須臾，俄頃。
軫，車之通稱。

艾利襲台

秋颱呼嘯至，艾利撲瀛洲。
東海風濤怒，南投土石流。
災黎苦淹水，眾畜死浮溝。
肆虐經茲雨，炎氛或可收。

艾利，中颱名。
瀛洲，本海中仙山，此指台灣。
南投，縣名，在台灣中部。

雅典奧運

奧運在希臘，萬眾欣同臨。
健兒來四海，跨擊撐跳頻。
田賽擲三鐵，泳池縱魚心。
韻律婀娜態，木馬剛勁身。
箭射女媧石，足追夸父塵。
初懸梅花旆，跆拳雙奪金。
螢幕傳捷報，歡呼答鳴禽。
元首周禮數，親蒞賀好音。

三鐵，標槍、鐵餅、鉛球謂之三鐵。
女媧，上古女帝，嘗煉五色石以補天。
夸父，神人之名，不量力，欲追日影，見《山海經》。
跆拳句，中華男女跆拳，在奧運首次獲得金牌各一面。
螢幕，指電視。

六十四初度

五秩罹沉痼，今當十四年。
吟身村郭外，病貌缽花前。
濡墨覓奇句，逢秋貪好眠。
伯兄來祝嘏，相顧各華顛。

首聯，謂五十歲罹患中風，今已十四年矣。
伯兄，長兄之稱。
祝嘏，猶言祝壽。

二疊韻寄龔稼老

病後胸如海，能銷萬斛愁。
閒招秦嶺月，來照鄭王秋。
酬唱緣高誼，傷殘羨昔游。
何當腰腳健，邀丈赴歌樓。

斛，十斗也。
秦嶺，即終南山，橫亙陝西南部。
鄭王，指鄭延平。
何當，何時才能。

伯元教授以和山谷詞見貽

縫霧裁雲鑄好辭，規摹黃九甲當時。
絕塵疏宕詞三首，慰我離懷不盡思。

沉憂

秋聲滿前廳，茗荈潑新乳。
偶然思暮年，滂沱淚如雨。

黃九，即黃山谷。
絕塵，蘇軾嘗見山谷詩文，以為「超軼絕塵，獨立萬物之表，世久無此作」。
疏宕，馮煦曰：「柳詞明媚，黃詞疏宕」。

茗荈，茶芽，茶之晚取者。
滂沱，多雨貌，又涕泗多流貌。

青梅煮酒　五言八韻

空山忙採擷，梅子未黃時。
微雨曾沾梗，香醪欲貫巵。
根因嵐氣活，杯向夜光持。
青實竹筐滿，黃封爐火宜。
煮來惟對月，飲罷好賡詩。
偶話英雄跡，閒拋寵辱思。
醉邊肝肺熱，酸處齒牙知。
莫道曹公語，傷殘客海涯。

黃封，酒名。
偶話句，世傳曹公與昭烈以青梅煮酒論英雄。
曹公語，曹操嘗銜杯對劉備曰：「今天下英雄，惟使君與操耳。」

悲秋吟

秋氣四合鯤之濱，一枝蒲柳天涯身。
填膺孤憤忽迸裂，直塞寥廓橫川陵。
金援海外呼凱子，百萬擲去如黃塵。
堪輿卜筮歸宿命，道觀梵宇多於蠅。
陸離島上紛亂象，燒殺淫毒一一陳。
農漁教席各怒吼，其聲貫耳疑雷霆。
大湖押貸吏貪墨，叔世風氣漓非淳。
迷離槍聲索真相，中樞硬拗猶歎民。
一哀至此餘感慨，狂瀾欲挽慙何能。
擬銷末俗同戮力，殘疆可葆千千春。

寥廓，寬廣之義。
卜筮，卜用龜甲，筮用蓍草，皆所以占休咎也。
陸離，參差。
貪墨，貪瀆。
叔世，衰世。
漓，薄也。
淳，厚也。
迷離，模糊不明。
中樞，中央。
戮力，猶勉力也。
葆，通保。

夜晴　七古

暮色蒼茫歇驟雨，清月半規閒當戶。
秋風樓館明燈前，懷舊茶新如潑乳。
青衿才雋健筆雄，壯歲詩文課辟雍。
老來髮已星星也，早信槐安夢是空。

記馬山觀測所

廈門指顧問，雲壓晚山重。
秋岩忽飛來，撞我胸臆痛。

半規，半圓。
青衿，學子之所服。
雋，才出眾也。
辟雍，周大學之名。
槐安夢，詳唐李公佐著〈南柯記〉，此夢蓋言人世功祿之浮虛。

馬山，地名，屬金門，隔海不九里即為大陸廈門，其沿岸風物，清晰可見。

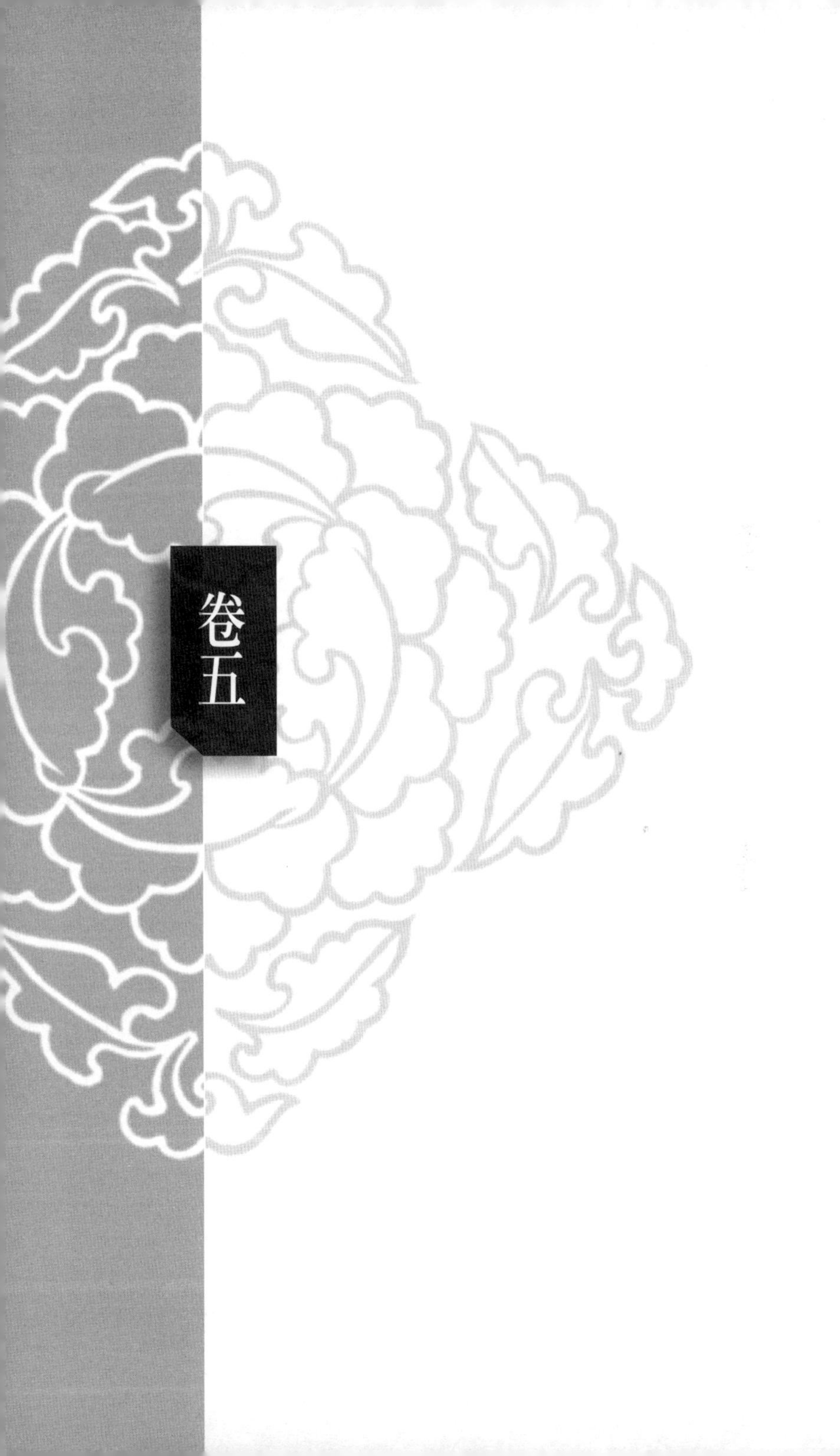

卷五

獨坐

闢心境外託孤呻，亞陸思來屬句新。
縮地螢屏傳洱海，連天兵燹落車臣。
滇湖欲往吟身贅，夷國祈安戰鼓頻。
坐久孰知成鬱悒，惟餘川茗是朋親。

呻，吟也。
縮地，費長房能縮地脈，見《神仙傳》。
洱海，在雲南大理東。
兵燹，兵火。
車臣，蕞爾小國，俄出兵襲之，烽燧不斷。
贅，凡賸餘者之稱。
鬱悒，結憂不解。

聽《勁歌金曲》感作 二首 該電視節目全播老歌

少日歌樓一再經，晚年聽曲感零丁。
雪兒遲暮何戡老，裊裊猶堪唱後庭。

雪兒，唐人李密之愛姬，善歌。
遲暮，衰老之喻。何戡，唐歌者。
裊裊，狀音之悠揚。
後庭，即〈玉樹後庭花〉，吳歌名，陳後主作，詞甚哀怨，亦靡靡之音。

綺曲今重聞，不飲心已醉。
舊日尋常歌，唱出滄桑淚。

不飲句，蘇軾詩：「不飲胡為醉兀兀」。

藥樓雜詩 四首

黃菊籬邊發幾叢，榮枯一變問秋桐。
西風最具回春力，早把霜楓已染紅。（西風）

有月愈增孤子愁，愁颱已去過中秋。
九天寥廓雲深淺，且詠坡公水調頭。（中秋）

青藹雙眉一嶺橫，朝嵐夕靄撲衣生。
三秋茗釅憑軒坐，鎮日貪看不入城。（看山）

剝啄多欣高屐來，川茶飲罷話歡哀。
詩文莫訝歸浮淺，誰是當今吐鳳才。（客過）

黃菊句，陶淵明詩：「采菊東籬下，悠然見南山。」

且詠句，蘇東坡有〈水調歌頭〉詞詠中秋。

藹，油潤貌。
茗釅，茶濃。
憑軒，當窗。

剝啄，叩門聲。
吐鳳，《西京雜記》：「揚雄嘗著太玄經，夢吐白鳳」。

藥樓雜詩續 四首

拗狠細吟山谷詩，雄深愛讀稼軒詞。
涼天寂謐烹茶坐，書卷閒披獨夜時。（披書）

蕭疏黃髮映秋暉，萬里湖湘乞夢歸。
記得師門舊詩句，平生千計到今非。（秋襟）

夷曲輕柔近耳邊，催眠直到夜闌珊。
無端冰枕生寒氣，夢入霜天雪地間。（病房）

拋卻紅塵遠愛憎，車過橋上見溪陵。
不愁歸去迷篁道，認得山樓一點燈。（夜歸）

山谷，北宋黃庭堅之號，工詩，其風格拗狠，為江西詩派三宗之一。

稼軒，辛棄疾之號，其詞雄深雅健，被譽為南宋壯詞第一。

黃髮，謂老人也。

闌珊，衰落之義。

紅塵，指熱鬧繁華之地。

秋夜四疊韻寄稼老

端居避俗務，獨夜忍閒愁。
老愛言邊寺，別添心上秋。
寒沽魚蟹好，病憶陝燕游。
鄂渚如能到，合登黃鶴樓。

言邊寺，指「詩」字。
心上秋，即「愁」字。
沽，買也。
陝燕，陝西、河北之簡稱。
黃鶴樓，在湖北武昌西，俯瞰江漢，極目千里。

記遊西湖

晴天銀翼起，溽暑到臨安。
柳拂六橋水，雲飄三竺巒。
游觀心已醉，裁剪句何難。
更入芙蓉浦，尋詩興未闌。

臨安，即杭州。
六橋，西湖勝景。
三竺，山名，在西湖鄰近。

中大憶舊 八首

雙連坡上月如銀，樓館崔嵬燈火親。
松卜情人閒步道，相偎儷影自生春。

溽暑風來草木柔，邀朋曾作秣陵游。
六朝松古撐千載，謖謖愈增黌宇幽。

測地宜為百十弓，朱銘雕塑氣何雄。
草坪一片青青色，遙襯西天落照紅。

持餅旋身擲九天，足奔不讓下江船。
歡欣校運今猶記，時覺喧呼在耳邊。

雙連坡，地名，在中壢，即中央大學所在地。

秣陵，今南京市。
謖謖，峻挺貌。
黌宇，學舍，此指大陸南京大學（前中大）。

弓，一弓合一．六公尺。

咖啡甘釅秀婢斟，消夜街前臘景優。
莫逆二三來小坐，圍燈共話歲寒心。

上庠授業最愴神，復被簿書纏此身。
何物能令詩力退，三千案牘損情真。

文書難使好懷開，每向頑生試辯才。
戾氣欲銷惟一訣，以誠堪弭抗爭來。

溯往詩成力已殫，髮玄漸冉換華巔。
故人盡去松濤在，每憶前塵一惘然。

莫逆，世謂友誼篤曰莫逆。

授業，韓愈〈師說〉：「師者，所以傳道、授業、解惑也。」
愴，平仄兩讀，傷也。
簿書，謂文書。

戾氣，乖背之氣。
弭，息、止。

殫，盡也。
漸冉，逐漸之義。
惘然，失志貌。

遙寄邦雄 四首

論證如松密，斯人吾欲歸。
潛心莊老外，用力在韓非。

傳道雙連坡，儒術出尼父。
應記弦歌聲，遙答松濤古。

飛來石先尋，靈隱寺再至。
不管景巨微，早有齊物意。

寒舍邀客來，秋宵共清宴。
汝縱飲花雕，一盞紅上面。

雙連坡，地名，在中壢，即中央大學所在處。
儒術，儒者之道。
尼父，謂孔子也。

飛來石、靈隱寺，俱為杭州勝景，鄰近西湖。
齊物，《莊子》篇名。

花雕，酒名。

聆歌口占

裊裊歌聲柔，聞之淚沾臆。
一曲西湖春，勾起六橋憶。

薄暮

日腳下川陸，落霞映篁竹。
看山憑檻多，稍覺雲已熟。

憑軒

憑軒薄晚興無違，遠雨奔來掃夕暉。
漠漠秋雲壓山重，不為詞客化龍飛。

裊裊，狀音之悠揚。
臆，胸也。
西湖春，老歌名，詞曲柔婉。
六橋，西湖勝景。

首句，杜甫〈羌村〉詩：「日腳下平地」，句本此。

軒，窗也。
漠漠，廣布貌。
末句，反用秦觀詞：「飛雲當面化龍蛇」句意。

感秋

烽烟曾不斷，百戰贜瀛洲。
欲植丹楓樹，來燒碧嶂秋。
詩名潮外雨，事業浪中舟。
山麓淹留日，無端引客愁。

瀛洲，本海中仙山，此指台灣。
淹留，久留之義。

輓秋金詞兄

噩耗驚仙逝，前塵入夢思。
捷才誇四座，嘉會飲千巵。
賡詠情猶昨，尋幽願已隳。
黃泉多故友，詩酒兩堪怡。

仙逝，去世。
巵，酒杯。
賡，續也。
隳，同墮。
怡，悅也。

昔游

擬作　五排限七陽韻

摶扶九千里，溽暑下臨杭。
漫折西湖柳，閒依北浙篁。
六橋連野色，三竺壓波光。
茂樹尊坡老，哀絃唱岳王。
鳳山張翼遠，龍井沏茶香。
靈隱寺鐘落，錢塘江浪狂。
醋魚借夜譙，麥酒沃吟腸。
勝景盤桓暫，離襟鬱邑長。
彩圖曾屢見，宿願得初償。
鴻墮才留跡，駒奔復脫繮。
足今憐卞氏，誄昔效潘郎。
舊夢賡仍斷，沉痾惋且傷。
何當為騄耳，堤上再騰驤。

詩題，記昔日遊杭，有感而作。
坡老，謂蘇東坡，嘗作杭州太守。
岳王，謂岳飛，後冤死。
鳳山，在浙江海寧南，山形如鳳張翼，故名。
龍井，在浙江杭州西，地產茶，向著盛名，世稱龍井茶。
盤桓，與徘徊之意略近。
鬱邑，結憂不解。
卞氏，即卞和，春秋楚人，因獻璞而遭刖足。
潘郎，即潘岳，晉詩人，尤長哀誄。
騄耳，馬名，周穆王八駿之一。
騰驤，馬行貌，奔馳也。

九日

早廢登高興，身殘力亦衰。
白雲閒駐嶺，黃菊漫栽籬。
已負題襟約，難忘罹疾時。
長沙書未斷，湘水入遐思。

秋夜五疊前韻

潭外毿毿柳，搖寒復綰愁。
閒看山嶺月，高詠海雲秋。
老去傷前事，朋來話壯游。
南台三百里，遠憶赤嵌樓。

題襟，作詩倡和謂之。
罹疾，余五十歲陽曆九月九日，罹患頭風。
長沙，湖南省會，瀕湘、瀏二水之交會處。
遐思，遠想。

毿毿，細長貌。
綰，繫也。
赤嵌樓，台南名勝；嵌，平仄兩讀。

憶往

中年任游衍，足跡遍炎州。
茗煮東墩月，詩吟北地丘。
港都雄控海，潭竹勁搖秋。
鳳樹花如火，崁城燃客愁。

游衍，自恣之義。
炎州，指台灣，因其四季如夏。故謂之。
東墩，台中市舊名。
港都，喻高雄。
潭，謂碧潭也。
崁城，指台南。

記過金陵

依然玄武一湖寬，重到金陵夢已殘。
四百年間六朝換，莫言鍾阜有龍盤。

金陵，今南京市。
玄武湖，南京勝景。
六朝，吳、東晉、宋、齊、梁、陳，謂之六朝，且皆以金陵為都。
龍盤，《六朝事迹》：「鍾阜龍盤，石城虎踞」，諸葛亮此語，乃喻金陵形勢之雄壯也。

夜深聞樂

宵深播卡帶，逐耳豔歌嘉。
哀惋街頭月，輕柔海上花。
尋聲堪憶遠，託意不言邪。
清樂安衾枕，徐徐入夢華。

卡帶，即錄音帶。
嘉，美也。
〈街頭月〉，老歌名，周璇所唱。
〈海上花〉，亦歌名，歌者甄妮。
夢華，喻舊事如夢。

定西夜過

君從商足跡遍禹甸歐美為余金蘭之友

宵來來莫逆，語笑共消磨。
今濕文山雨，曾聞滬瀆歌。
乾坤尋邑遠，經貿耗神多。
縱有飛騰意，何堪髮已皤。

莫逆，世謂友誼篤曰莫逆。
文山，位於北縣新店。
滬瀆，今上海之俗稱。
皤，謂老人鬚髮白也。

禹甸

臘殘暑濕記離家，禹甸三游客路賒。
潭柘寺寒無鳳蝶，洞庭水暖有龍蝦。
湖山飽覽誇雄秀，茶酒頻嘗沁齒牙。
回溯病前餘惘惘，不堪朔氣滿瀛涯。

禹甸，指中國大陸。
賒，遠也。
潭柘寺，在北京西，燕人有「先有潭柘，後有幽州」之諺。
鳳蝶，屬鱗翅類動物。
六句，大陸多名茶名酒，如蒙頂茶、顧渚茶、汾酒、茅台酒等，多不勝數。
惘惘，失志貌。

孟冬述事

寒庭寂歷鳥歸忙，卷幔山青入北廊。
飲澗長虹收晚雨，持杯釃茗洗吟腸。
荔紅初熟閒思粵，竹碧多斑漫憶湘。
聽曲掩書傷口訥，憑軒默坐送年光。

寂歷，同寂寞。
幔，幕也。
釃，味厚。
訥，言之難也。
軒，窗也。

寒夜六疊韻奉答鶴老

蓬嶠久為客，花雕堪浣愁。
長憐碧潭月，曾照白門秋。
夢老詩能錄，心閒藝可游。
知公早歸皖，不用賦登樓。

蓬嶠，指台灣。
花雕，酒名。
白門，今南京。
七句，皖，安徽之別稱，公為皖人，故云。
八句，王粲〈登樓賦〉，有他鄉「雖信美而非吾土」之歎，公既曾歸故土，是以反其意而用之。

答友人問

煮水銅鐺魚眼生，沏茶閒坐背簾旌。
功名病後都飛去，賸有幽愁畫不成。

魚眼，謂湯沸之沫狀如魚眼者。

郊居剪影 四首

寒谿石橋前，潺潺生虛籟。
微陽四圍山，朔風吹夕靄。
須臾新月升，一鈎掛天外。

晌午邀吟朋，一飽香稻飯。
煎鮭葵花油，燉肉龜甲萬。
語笑共酒卮，逸興更清遠。

伯兄攜寒來，烹茗添水厄。
論政何滔滔，辯才比孟軻。
同嗟獨幟張，和談夢已墮。

潺潺，水聲。

葵花油，新詞彙，煎炒用油，品牌名曰「得意的一天」。
龜甲萬，亦新詞彙，醬油品牌名。

水厄，因飲水逾量所造成之困阨，見《世說新語》。

吾詩安小邦，淺陋似曹鄶。
沉溺章句中，欲得酸鹹外。
垂老終無成，凝眸看逝瀨。

曹、鄶，二古小國，黃山谷詩：「我詩如曹鄶，淺陋不成邦。」

記三紀前北市聯吟大會　七古

命題拈韻欣擊缽，情如涸鮒沾濕沫。
章脈跳脫思潮寬，烹鍊句同彈丸活。
唱名頒獎人語喧，髮玄何意竟掄元。
北台嘉會吟事了，歸途星斗粲以繁。

涸鮒，涸，竭也；鮒，鯽也；庾信詩：「涸鮒常思水」。
彈丸，彈弓所用之丸。
掄元，掄，擇也；元，狀元，喻第一名。

碧潭遠眺

崖亭突兀索橋奇，小檝輕舟泛碧漪。
一潭游客何曾識，惟有寒風是舊知。

故人夜過

燈前沏茶香，詩文共君語。
長記繁星天，彳亍冒寒去。

眺，望也。
突兀，高貌。
檝，同楫，舟旁撥水之具。

沏茶，猶言泡茶。
彳亍，行貌。
冒，犯也。

七疊韻奉寄鶴老

夜寒初沏茗，客久暗生愁。
昔濕燕京雨，曾吟雁塔秋。
病中懷勝蹟，海右溯前游。
何日酬高詠，同登謝朓樓。

燕京：即北京；燕，平讀。
雁塔，西安勝景。
謝朓樓，在安徽宣州，為太守謝朓所建，故名；朓，南齊人，文章清麗，工五言詩。

冬筍

戢戢寒山斸已勤，不教成竹碧凌雲。
瀛洲恠底多新食，猶剪筍尖三十斤。

戢戢，有聚息義。
斸，鋤屬。
瀛洲，指台灣。

廣 告 回 信
板橋郵局登記證
板橋廣字第83號
免 貼 郵 票

235-62

台北縣中和市中正路800號13樓之3

印刻文學生活雜誌出版有限公司　收

讀者服務部

姓名：________________ 性別：□男　□女

郵遞區號：________________

地址：________________

電話：（日）________________（夜）________________

傳真：________________

e-mail：________________

讀者服務卡

您買的書是：________________

生日：　　年　　月　　日

學歷：□國中　□高中　□大專　□研究所（含以上）

職業：□軍　□公　□教　□商　□農

□服務業　□自由業　□學生　□家管

□製造業　□銷售員　□資訊業　□大衆傳播

□醫藥業　□交通業　□貿易業　□其他________

購買的日期：______年______月______日

購書地點：□書店　□書展　□書報攤　□郵購　□直銷　□贈閱　□其他

你從哪裡得知本書：□書店　□報紙　□雜誌　□網路　□親友介紹

□DM傳單　□廣播　□電視　□其他

你對本書的評價：（請填代號　1.非常滿意　2.滿意　3.普通　4.不滿意　5.非常滿意）

內容______封面設計______版面設計______

讀完本書後您覺得：

1.□非常喜歡　2.□喜歡　3.□普通　4.□不喜歡　5.□非常不喜歡

您對於本書建議：

感謝您的惠顧，為了提供更好的服務，請填妥各欄資料，將讀者服務卡直接寄回或傳真本社，我們將隨時提供最新的出版、活動等相關訊息。

讀者服務專線：（02）2228-1626　讀者傳真專線：（02）2228-1598

碧潭三章章五句　仿杜

碧潭岑寂崖亭高，弓橋一道空蕭蕭。
朔風吹髮愁二毛。
裊裊叢篁據沙岸，青光飛上游人舠。

二毛，謂鬢髮斑白者。
裊裊，搖曳貌。
舠，小船。

雲白峰青畫樓聚，七言五句書媚嫵。
茲體足堪邁今古。
偶然乘興招吟朋，游衍一笑忘賓主。

游衍，自恣之意。

停車坐愛斜陽天，安坑歲月不計年。
潭波碧上撐篙船。
餘生蹇剝隨杜老，賡吟披卷黃髮前。

安坑，地名，屬北縣。
蹇剝，時運不利。
杜老，即杜甫。
黃髮，謂老人也。

客去

喧豗客盡去，樓外晚山陪。
樹碧侵詩袂，花黃襯茗杯。
浮生傷老病，橫舍雜歡哀。
重拾青衿夢，前塵入憶來。

椶櫚

山麓移家鎮日閒，流光荏苒髮非玄。
窗前六七椶櫚樹，雨濕風梳不計年。

喧豗，鬨聲。
橫舍，學舍。
青衿，學子之所服。

此詩聲調屬「孤雁出群」格。
椶櫚，即棕櫚，植物名。
鎮日，鎮通塵，訓久；久猶常也，則鎮日，猶常日耳。
荏苒，時間漸進之義。
玄，黑也。

朋來

晚來寒雨洗塵襟，入座川茶暖寸心。
吾聽湯湯流水曲，此間知有伯牙琴。

台垣 七古

台垣勝境天所與，梅花湖秀向誰語。
中橫頑雲壓梨山，大洋疊浪侵蘭嶼。
殘疆此日夕陽低，何堪師老尚戍鯢。
倘使蒼蠅續惑主，海峽他年多鼓鼙。

詩題，沈謙、何淑貞、鄭明娳三教授夜過、晤敘甚歡，飯後始別。
伯牙，春秋時善鼓琴者，與鍾子期善，伯牙鼓琴，子期聽之，志在太山，則曰巍巍，志在流水，則曰湯湯；事見《呂氏春秋》。

梅花湖，位於宜蘭冬山。
梨山，地名，在中橫公路上。
蘭嶼，小島名。
鯢，鯨之雌者也。
七句，李商隱詩：「可是蒼蠅惑曙雞」。
鼓鼙，喻戰爭。

客思八疊前韻再寄鶴老

廊廟東遷久，衣冠南渡愁。
客邊餘涕淚，病裡度春秋。
空作堯天夢，難忘禹甸游。
何當過錦里，陪上望江樓。

廊廟，謂朝廷也。
南渡，用晉室南遷事。
禹甸，指大陸。
錦里，成都之舊名。
望江樓，位於四川成都；望，平仄兩讀。

洄瀾夢土

風貌洄瀾落掌前，滄波太魯景尤妍。
亂山青欲夕生靄，疊浪碧堪遙接天。
百畝稻蔬知物阜，十方楮墨見詩傳。
東陲築夢尋開境，縱喚荊關畫不全。

詩題，頃聞花蓮詩社舉辦全國擊缽聯吟，以此命題，限七律一先韻，崑陽賦此，因亦繼作。
洄瀾，花蓮之舊稱。
物阜，物產豐饒。
楮墨，同紙墨。
荊關，指荊浩、關仝，二人皆古代山水畫家。

慶煌教授有詩見貽次答

君惠水斗升，能救鮒魚活。
嚴寒葉多枯，欣見花一缽。
汝學比山成，聰慧亦穎脫。
高詠如秦青，歌聲令雲遏。
嗟吾患沉痾，早已忘窮達。
晝視晴嵐氛，夜沏香茗沫。
霽色隨虹開，清詩遠欲奪。
邱壑藏於胸，冬襟為之豁。
暮齒重養身，所忌在葷辣。

首次句，事出《莊子・外物》。
穎脫，喻以才能自顯。
秦青，善歌，響遏行雲。
窮達，《孟子》：「窮則獨善其身，達則兼善天下。」
暮齒，晚年。

與錢濟老茗話

寒流淹屋廬，從容來高屐。
瓷杯分釅茶，酬吾以珍籍。
篇多奧衍文，跌宕見章脈。
宏論甚持平，光價類和璧。
共話台澎詩，所美在疇昔。
佳士如雲繁，佳製如雨射。
迄今蓮社衰，誰繼陶彭澤。
傖父滿騷壇，俚語亦充斥。
同慨吟聲微，風雅輕一擲。
怏於詠真情，擊鉢殊可惜。
端合勤讀書，用茲得津筏。
回思養花天，雨助佛桑發。

釅茶，濃茶。
和璧，即卞和璧，價值連城。
蓮社，晉慧遠在廬山集緇流名儒而成，因寺植蓮花，故云。
陶彭澤，陶淵明曾為彭澤令，因名之。
佛桑，另作扶桑，花名，色紅，狀似燈籠。

古絕 四首

朔氣寒侵樓，釃茶微銷倦。
欲補耶誕紅，割取霞一片。

髮白身亦殘，已敗登臨興。
老厭鼓笛聲，愛聽鄰寺磬。

寒夕聊賡詩，銅鐺閒煮藥。
默坐多遐思，吾心在寥廓。

俚句人易知，餘味多不識。
試吟唐絕詩，貌淡神亦邃。

耶誕紅，植物名。

賡，續也。
遐思，遠想。
寥廓，寬廣高遠之義；此喻天。

貌淡神邃，意同語近情遙。

回首九疊前韻

走遍鯤南北，詩箋不寫愁。
閒烹鹿谷茗，記詠鳳山秋。
蓬嶠尋佳境，萍蹤溯雋游。
夕陽何用勸，吟眺獨登樓。

大寒

碧潭平拭鏡，白日落依巒。
宇內風霜氣，釀為天下寒。

鯤，海中大魚，比喻台灣。
鹿谷，鄉名，地產茶，位於南投。
鳳山，市名，高雄縣政府所在地。
蓬嶠，指台灣；嶠，平仄兩讀。
七句，古人詩：「夕陽不用勸登樓」。

碧潭，位於北縣新店。
拭，以巾去垢也。
宇內，猶言九州。

中大十景 錄八

晚春步道暖氛增，照出松陰月代燈。
窄徑十尋生夕籟，情人絮語漫相矜。（情人步道）

絮語，語多而連綿不絕。
矜，憐也。

青衿游息樂其中，四合松濤欲撼空。
坐眺芊眠春草色，百弓遙映落陽紅。（大草坪）

青衿，學子之所服。
芊眠，光色盛貌。
百弓，一弓合一點六公尺。

長渠待養百花嬌，日暖東風慰寂寥。
夾道松陰閒撲袂，並排樹杪默生潮。（百花川）

裁箋欲寫一湖秋，煙水陶情此最幽。
何處飛來雙白鷺，晚晴銜出自優游。（中大湖）

優游，閒暇自得貌。

急軫輕喧大道晴，木棉花發誤疑櫻。
黌宮只在高坡上，漸覺書聲答轂聲。（校門前中大路）

軫，車之統稱。
黌宮，學舍。
高坡，指中壢雙連坡，即中央大學所在地。

筆硯安閒楮墨香，文房有寶此珍藏。
世間何物堪相埒，趙璧隋珠或可當。（筆墨紙硯景觀）

趙璧隋珠，趙王之璧與隋侯之珠，皆稀世寶也。
埒，等也，《史記．平準書》：「富埒王侯」。

春水池塘浸曉珠，莫因遲緩笑玄夫。
東遷吾輩試相問，四紀已過歸也無？（烏龜池）

曉珠，喻朝日。
玄夫，龜之別名。
紀，一紀十二年。

雙腿追將夸父日，一槍擲破女媧天。
回思校際開聯運，猶覺騰歡聒耳邊。（大操場）

夸父，神人之名，不量力，欲追日影，見《山海經》。
女媧，上古女帝，嘗煉五色石以補天。
聒，聲擾也。

中大二景　補前「中大十景」

表道燈邊倩女身，輕盈小屐踏芳塵。
宵深儷影難分袂，兩兩相偎蜜語頻。（女十四舍前廣場）

珍藏遠勝絳雲樓，書館中庭花木幽。
力學諸生披善本，玉顏金屋悉堪求。（中正圖書館）

遠眺

遠眺長橋橫，小溪寒生籟。
詩意被野風，吹過花竹外。

儷，並也。
分袂，喻離別。

絳雲樓，清錢謙益藏書之所。
玉顏金屋，諺云：「書中自有黃金屋，書中自有顏如玉。」

詩意二句，王安石詩：「離情被橫笛，吹過亂山東」，本詩轉合二句仿此。

羅戎老以殘臘詩見示次韻

朔風殘臘日初昏，遠避塵喧靜掩門。
早鄙金援資陋鄶，怕聽肉食吐浮言。
台澎客久愁無際，燕陝人游夢有痕。
駿爽知公詩筆健，何當過我共吟樽。

白門二疊前韻

寒犬郊墅閉黃昏，莫逆人來話白門。
淮水歌樓花有淚，台城煙雨柳無言。
已悲故國沉王氣，漫向前塵憶屐痕。
語能龍盤鍾阜地，為銷羈緒借清樽。

資，給也。
鄙，輕視。
陋鄶，鄶，古國名，黃山谷詩：「我詩如曹鄶，淺陋不成邦。」
肉食，享有厚祿之官吏。
浮言，無根不實之言。
際，邊也。
駿爽，韓（愈）詩風格曰奇崛駿爽。

白門，南京之舊稱。
莫逆，世謂交誼篤曰莫逆。
淮水，即秦懷河。
台城，亦南京名勝，該地多植楊柳。
故國，劉禹錫〈石頭城〉（南京）詩：「山圍故國周遭在，潮打空城寂寞回。」諸葛亮美金陵形勝云：「鍾阜龍盤，石城虎踞」，見《六朝事迹》。

歲晚三疊昏樽韻

驟雨才過日又昏，冬殘猶是綠淹門。
故人淡水長堪憶，沉痼安坑不忍言。
閒以吟箋收嶺色，懶從裋粉驗花痕。
天寒何物能回暖，試飲黃封滿一樽。

淡水，鎮名，屬北縣，淡江大學建校於此。
安坑，地名，在北縣新店。
黃封，官釀也。

除夕

爆竹喧天酒到臍，圍爐高興與山齊。
呼盧不覺終殘夜，共迓明朝歲次雞。

臍，肚臍，
呼盧，世謂擲骰賭博為呼盧喝雉。
迓，迎也。

乙酉新春試筆

海角紫氣回，又到春季節。
營壘語燕多，日暄眾芳發。
櫻花紅欲燃，李花白勝雪。
飲澗長虹歸，林端驟雨歇。
修篁社門邊，籜龍暖可掘。
高椰三五株，勁挺如削鐵。
樓前山脈橫，決眥飛鳥沒。
卜宅居郊村，一紀今已越。
漸冉鶴髮生，病足尚雙蹶。
少日何機靈，老來變愚拙。
窮通兩皆忘，功祿固弗屑。
論詩或邀朋，披書自怡悅。
漫飲烏龍茶，閒亦烹雀舌。
沉痼久不瘳，屋外少車轍。
恩怨隨之稀，寂境更清絕。
宵深偶閒歡，鄰舍吹笛裂。

乙酉，民國九十四年，亦即西元二〇〇五年。
紫氣，祥瑞之氣。
營壘，築巢。
籜龍，謂筍也。
眥，眼眶。
卜宅，擇居所也。
一紀，十二年曰一紀；余居玫瑰城已十四年矣。
漸冉，逐漸之義。
鶴髮，老人白髮。
窮通，即窮達，孟子曰：「窮則獨善其身，達則兼善天下。」
雀舌，茶名。
沉痼，重病。
瘳，病癒。

小酌

坐久聽春聲，呼月美清夜。
年華似黃封，斟來不禁瀉。

黃封，酒也，為官府所造。

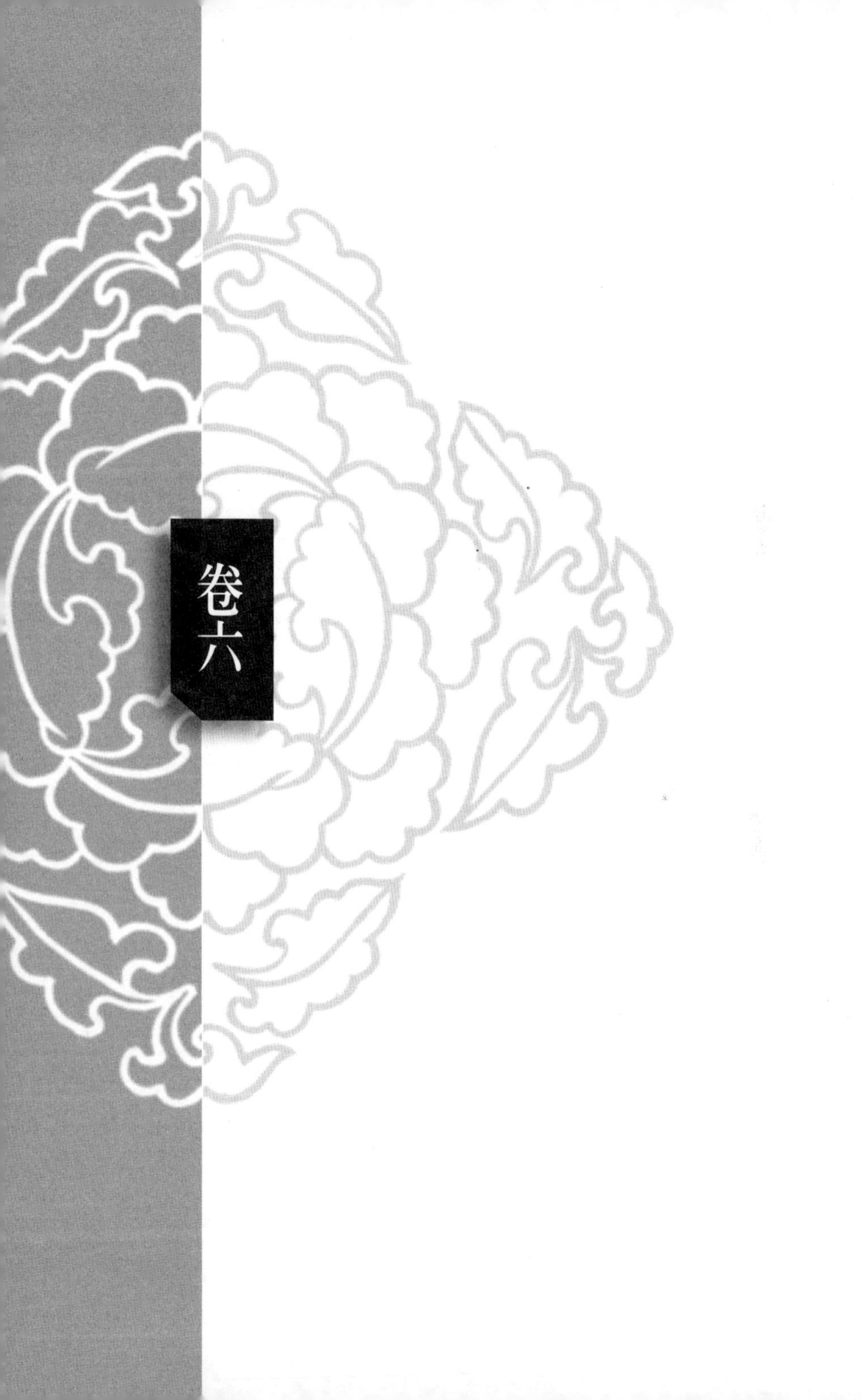

卷六

論詩

作詩如射謎，才與學兼之。
博洽為其礎，尚須靈巧思。

博洽，狀學識之廣通。

春回四疊韻寄戎庵詩老

樓館郊坰度曙昏，多慚鳳字舊題門。
蘭前有夢空餘淚，李下成蹊不在言。
檢韻賡詩銷茗氣，憑軒看雨活苔痕。
與公同有游春興，欲對櫻花飲十樽。

鳳字，謂凡鳥也，見《世說新語》。
李下句，《史記．李將軍列傳》云：「桃李無言，下自成蹊。」
賡，續也。
樽，酒器。

上元

天墨雲淹月，花燈見亦稀。
寒樓春落寞，重嶺夜崔巍。
秀色閒堪憶，流光逝若飛。
分嘗粉餌罷，早寐掩雙扉。

郊居五疊元韻

山麓移家對曉昏，多欣紫氣正盈門。
胸寬誰信藏丘壑，花好真堪憶笑言。
坐久杯銷濃荈色，盼來春補破苔痕。
偶然晴晝邀朋至，讀畫論詩共酒樽。

崔巍，高峻之貌。
粉餌，如上元所食湯圓、元宵等。
扉，戶扇也。

紫氣，祥瑞之氣。
荈，茶之晚出者。

徐世老正三兄鶴仁弟過舍茗話　四首

春風樓舍客來時，顧視都為健鶴姿。
釅茗生香助談興，剖分句法細論詩。

釅茗，濃茶。

櫻花樹下托吟身，胸臆要令無點塵。
再使新詞知搭配，詩篇長共牡丹春。

搭配，詩中使用新詞彙之技巧。

風雅絕詩烹鍊成，必教理語亦含情。
諸君倘不曉吾意，試聽訶兒慈母聲。

絕詩，此指五、七言絕句。
曉，知也。
訶，責譴。

卜居山麓過高軒，許共茶香聽至言。
不管好春光潑眼，且從詩抱接長暄。

軒，車也，李賀有〈高軒過〉詩。
至言，切至之言。
暄，暖也。

記燕陝游

燕陝多園寢，游踪記昔曾。
秦皇兵馬俑，明帝十三陵。
京外莊嚴寺，關中錯落燈。
至今離別久，惟有夢堪憑。

燕、陝，河北、陝西之簡稱。
園寢，建於帝王塋墓之廟寢。
京外，燕京（今北平）城外，有香山、戒壇寺等。
關中，地名，為陝南豐饒之區。
錯落，參互紛亂之義。
憑，依託。

自慨七疊戎老殘臘韻

雄鯨噴水吼天昏，猶記樓船入海門。
作客倍於三十載，賦詩早是萬千言。
欲持竹帚掃春色，懶就櫻花尋夢痕。
古調寖荒人亦老，何堪白髮映金樽。

竹帚，竹製掃帚。
寖，漸也。

感時八疊前韻

風雨彌天六合昏，尸盟揖盜欲開門。
四青高嶺圍歸夢，一綠中樞慣誑言。
槍案疑雲生魅影，民居枵腹隱啼痕。
比來亂象迷雙眼，釋恨惟憑竹葉樽。

六合，天地四方。
尸盟，主盟。
中樞，謂中央也。
誑言，欺惑之言。
枵腹，飢餓腹空虛也。
竹葉，酒名，亦作竹葉青。

客愁

吹浪鯨鯢半峽腥，風雲天塹是滄溟。
南都玄武雙湖碧，東海彭佳一嶼青。
老去鄉愁隨夢遠，春來客淚濕花馨。
憑軒閒憶堯封久，鄰笛淒迷不忍聽。

鯨鯢，鯨，海中大魚；鯢，鯨之雌者。
南都，南京。
雙湖，玄武湖有裡、外湖之分。
軒，窗也。
堯封，指大陸。
淒迷，謂心情悵惘。

溯往

雨絲風片釀新寒，春水尋詩第幾灣。
舟小載將幽意去，猶憐暮色滿溪山。

詩題，回溯二十年前春日碧潭之遊。

春興

蒼穹倒植李花妍，仰視原為雲在天。
分翠竹光來座右，堆紅鵑影簇庭前。
閒安棋局銷清晝，許積詩篇到暮年。
久病雙潭十三載，何當游屐踏幽燕。

李花，春日開花。
色白，風姿不塵。
妍，好也。
簇，攢聚。
雙潭，地名，即碧潭、青潭。
幽、燕，俱為河北之別名。

賓至

長虹飲潤雨初晴，詞客重來額手迎。
櫻美愈增春嫵媚，茶甘惟對嶺崢嶸。
詩篇奇趣驚文活，槍案迷思話政爭。
晌午風清邀入席，簷牙語雀勸飛觥。

額手，以手加額，此以示敬。
奇趣，蘇東坡云：「（詩中）反常合道，奇趣也。」
觥，角爵。

無題

衾枕微寒入夢遲，慣從不寐續殘詩。
臥看明月乍生憶，三十年前元夜時。

衾，大被。
乍，忽也。
元夜，即正月十五上元，是夜火樹銀花，魚龍曼衍，明月當空，照人如晝。

春寒

禹甸方融雪，蓬嶠慄冽來。
花為寒所勒，竹被凍相催。
分暖沏茶啜，賡吟持盞陪。
聞道陽明好，山櫻冒雨開。

禹甸，指大陸。
蓬嶠，謂台灣；嶠，平仄兩讀。
慄冽，寒也。

九疊韻奉答戎庵詩老

沉痼多年漸眊昏，常關雖設是重門。
雙潭星種三千粟，一帙文成十萬言。
欲取榆錢買山色，要憑花鉢駐春痕。
知公詩力過溫李，問字何當共酒樽。

眊昏，目不明之貌。
次句，陶淵明文：「門雖設而常關」。
雙潭，謂碧潭、青潭。
帙，書衣。
溫李，謂唐溫庭筠、李商隱也。

讀「小魏雅集」詩即次其韻

豈羨金龜佩繡襦，羞為居積問陶朱。
早抛貴祿吾將老，兼擅詩文客甚都。
斂翼已知非健隼，失蹄端合是傷駒。
朋來相慰論齊物，漸悟毫山兩不殊。

不寐

燈熄屋全黑，我如居墓塋。
窗虛延月色，枕隱納春聲。
遐想繁無盡，殘詩補以成。
悼亡憐獨寐，臥待曙光生。

詩題，榮生、定遠、君潛諸公，應林恭老之邀，雅集於小魏餐館，盡杯酒之歡，並託詩以記興，余讀後因亦次韻繼作。

金龜，唐時仕宦者之佩飾。

陶朱，范蠡，春秋楚人，佐越沼吳後，變姓名，遊江湖，適齊之陶，從商，逐什一之利，因成巨富，人稱陶朱公。

都，美盛。

毫、山，《莊子．齊物論》，謂物雖有毫末、泰山之別，然自不同角度觀之，則兩者大小固難言說。殊，異也。

塋，墓地也。

遐想，遠想；凡懷人弔古及一切思想之不囿於凡近者輒用之。

月夜

瀛涯二更月，樓角一輪春。
持以美荒嶺，對之如故人。
孤吟頻憶遠，雙照昔邀鄰。
宵暖歸衾枕，蘧然夢所親。

雙潭春晚

雙潭郭外積雲陪，棼尾春光去不回。
日暖紅延花嫵媚，林深翠擁嶺崔嵬。
先塋客祭悲懷舊，流水人過淨祓災。
橋上停車閒眺晚，前歡都被櫓搖來。

故人，謂舊友。
雙照，二人並聚為月光所照。
蘧然，驚喜貌。
親，愛也。

雙潭，即碧潭、青潭。
棼尾，取闌末之義。
腹聯，上言清明掃墓；下言上巳修禊。
祓，除也。

定老繼有詩至次答 二首

功名賤如土，事業葬於塋。
端合詠尊作，宛同歌雅聲。
高才劉夢得，健筆庾蘭成。
多謝賡詩意，引吾吟興生。

南海三千里，東鯷五十春。
安危須國士，風月屬詩人。
換袷欲回夏，識公堪卜鄰。
遙思湘水岸，斑竹是鄉親。

塋，墓域。
劉夢得，名禹錫，中唐詩人，被推為「詩豪」。
庾蘭成，庾信之小字，信，南北朝人，工詩文，杜甫嘗譽之，有「淩雲健筆」之句。
賡，續也。

國士，全國推仰之士。
袷，此喻衣，李義山詩：「悵臥新春白袷衣」。

戲占一絕

御風銀翼到堯封，除弔先墳更話農。
豈畏元戎送紅帽，不懲前有許文龍。

堯封，指中國大陸。
元戎，喻領袖。
許文龍，當今紅頂商人，亦為國策顧問，其言論雖嘗媚共，然中樞非但不罪不罰，且曲為之辭，助其開脫。

黃昏

啼禽協宮商，落日下川陸。
不散一片雲，留在嶺頭宿。

黃昏，日落與黑夜間之可疑地帶。
宮商，五音曰宮商角徵羽。

晨興

初陽樓館好風中，鶴髮今堪喚作翁。
竹影搖窗詩夢綠，花光照座袷衣紅。
游眸渾覺閒無奈，樂道端知晚有功。
莫訝此身成老病，尚餘浩氣壓奔洪。

鶴髮，白髮，狀老者之貌。
袷，交領也。

次韻答伯元詞兄

碧海青天思慕深，何當盪酒共論心。
惟將樓外閒花木，化作春來寂寞吟。

詩題，陳新雄教授來詩，略述相憶之情，感其意，次韻答之。

三疊韻奉寄定老 二首

病來艱跬步，難去弔先塋。
惟使陽和氣，化為吟詠聲。
真詩尊好問，博學慕康成。
春雨取花去，綠陰酬我生。

長虹收驟雨，旨酒餞殘春。
公是雕龍手，吾非吐鳳人。
詩文同所好，功祿不為鄰。
除卻魚蔬外，茶甘殆近親。

跬步，半步。塋，墓域。
陽和，指三春。
好問，元好問，號遺山，金人，詩學杜甫，得其神髓。
康成，鄭玄，字康成，東漢人，博通諸經。
第一首末聯，王安石詩：「春風取花去，酬我以清陰」，二句脫換於此。

旨酒，美酒。
龍，修文飾句，若雕鏤龍文。
吐鳳，《西京雜記》：「揚雄著太玄經，夢吐白鳳。」

記廣州

穗垣坊巷此初游，一曲珠江緩緩流。
記得黃花三月暮，豐碑遺烈合千秋。

穗垣，廣州市城曰穗垣。
珠江，水名，流經廣州市南。
轉合句，記弔黃花岡烈士。

萍聚

薄晚朋來話缽花，燒空火鶴妒紅霞。
樽前初食於陵笋，杯裡遲烹顧渚茶。
四座辯同河水瀉，一樓笑類市聲譁。
隋珠縱有千金價，未抵醰醰古誼嘉。

火鶴，植物名，色紅。
於陵，地名，已廢，故城在今山東，李商隱〈初食笋呈座中〉：「於陵論價重如金」。
顧渚，山名，在浙江，所產紫筍茶甚名貴。
五句，劉令嫻文：「辯同河瀉」。
隋珠，隋侯之珠，蓋明月珠也。
醰醰，味厚。
嘉，美也。

懷韋仲公教授

「虹收殘雨去，春壓萬山來。」
詩詠故人句，淚垂濃茗杯。
賡吟生舊憶，論命見真才。
叔世多欺誑，公應戀夜台。

詩題，韋教授，皖人，工詩文，任教東吳大學，晚年以風疾卒。
故人，謂舊友。
賡，續也。
叔世，國衰。
夜台，謂墓穴也。

初夏

蓬嶠四月換鳴禽，酬我清陰感不禁。
蛛網縱然留敗絮，力微空有挽春心。

蓬嶠，指台灣，嶠，平仄兩讀。
酬我句，王安石詩：「春風取花去，酬我以清陰」，蓋言春末夏初也。
蛛網句，語本辛棄疾詞：「算只有殷勤，畫簷蛛網，盡日惹飛絮。」

傳公校長邦雄教授夜過

偶過高扆日初昏，喜接閒廳語笑溫。
拋去浮名歸釅荈，沽來乳豕下清樽。
林泉身健顏非耋，楮墨功深道是根。
郭外不嫌寒舍遠，山前認取竹椰村。

釅，味厚。
荈，茶之晚取者。
沽，買也。
耋，七十曰耋。
楮，紙也。
腹聯，上言傳公；下言邦雄兄。

遣懷

述作慙無吐鳳才，離憂不讓客襟開。
蒼顏銀髮愁深淺，朱箔金釭夢去來。
望月徒能生遠憶，看花端合引新哀。
重過三十年前地，惟有修篁是舊栽。

吐鳳，《西京雜記》：「揚雄著太玄經，夢吐白鳳。」
襟，懷也。
朱箔，紅色窗簾。
金釭，燈也。

讀詩　擬作　七絕限六麻韻

關雎誦了念非邪，飲酒吟來日已斜。
試取唐詩百回讀，少陵沉鬱最堪誇。

輓張子良教授

噩耗驚傳冀語訛，人亡琴在慟如何。
悲吟自答竹庭雨，熱淚遠添潭水波。
早信夜台歸寂寞，空留餘憾尚嵯峨。
聞君化鶴吾心悴，來日怕聽蒿里歌。

首句，《論語》：「子曰：詩三百，一言以蔽之，曰思無邪」，本句據此而言。
飲酒，陶詩篇名。
末句，杜詩風格曰「沉鬱頓挫」。

詩題，子良教授，台東人，客籍，國家文學博士，任職高雄師大，講授詞曲，為上庠所重，晚不幸以肝癌卒。
冀，心有所希求。
慟，大哭。
夜台，謂墓穴也。
化鶴，去世。
悴，憂也。
蒿里，樂府相和曲名，古之挽歌。

梅雨

九夏黃梅天，一篙碧潭雨。
試問愁幾多？恰如此千縷。

九夏，謂夏季九十日也。
碧潭，潭水名，位於北縣新店。

二疊韻奉答定遠詩老

欲迴溪壑入褌中，激宕真堪效放翁。
壯歲催詩髮絲白，餘生借酒病顏紅。
茶鐺默覺千漚聚，花圃平收一雨功。
健筆吾公善賡詠，句能迴出似江洪。

褌中，劉伶以天地為棟宇，以屋宇為褌衣，事見《晉書》。
放翁，南宋陸游之號，其七律為南渡後一人；又陸詩「豪邁激宕」。
賡，續也。
江洪，鍾嶸《詩品》：「梁建陽令江洪，詩能迴出。」

雨霽閒居作

樹梢黃紫掛長虹，雨默軒窗任好風。
盤舍鴿群張翼白，燒天鳳木簇花紅。
詩文欲寫山雄秀，死活都隨島始終。
鎮日除看螢幕外，前塵閒想坐簾櫳。

弔屈

寸涔漸冉瀉為瀧，靳尚多讒禍楚邦。
已証愚忠難救國，於今屈子不投江。

簇，攢聚。
鎮日，鎮通塵，訓久；久，猶常也，則鎮日猶常日耳。
螢幕，電視之別稱。

詩題，弔屈原也。
漸冉，逐漸之義。
瀧，奔湍。
靳尚，戰國楚大夫，懷王幸之，嫉屈原賢能，進讒於王，王逐屈原。

晌午　擬作　七絕限八庚韻

晌午陽光潑眼明，九天濕暑鬱蒸生。
桄榔不動樓陰直，簾外螗蜩偶一聲。

晌，估計時間之辭，猶午時，通餉。
鬱蒸，盛熱。
桄榔，植物名。
螗蜩，蟬之一種。

鯤南豪雨

雲覆南鯤欲壓樓，滂沱猛雨凜於秋。
大江瀉挾泥沙下，重嶺崩衝土石流。
敗戶流人歸一哭，荒畦死畜累千憂。
中樞不恤災黎苦，巨款只為軍購留。

鯤南，台灣南部。
滂沱，多雨貌。
流人，謂流亡在外者。
累，增也。
中樞，中央。
恤，賑也。
軍購，指我政府擬以六千億向美採購武器。

谷風教授寄似游金陵詩次答

因詩憶髫齔，重檢秣陵圖。
竹馬迷前夢，蓮船泛後湖。
龍盤鍾阜遠，潮打石城孤。
今已蒼蒼髮，何堪念故吾。

髫齔，童年之稱。
秣陵，亦名金陵，即今南京。
後湖，一稱玄武湖。
五句，《六朝事迹》引孔明之言曰：「鍾阜龍盤，石城虎踞。」
六句，周邦彥〈金陵懷古〉詞：「怒濤寂寞打孤城」。

「七七」感作

橋下桑乾一水深，盧溝戰火夜來侵。
誰知八載流離淚，化作今朝媚日心。

詩題，民國二十六年七月七日，抗戰軍興，浴血八年。
盧溝橋，在北京附近，下為桑乾河，日寇侵華，由茲開始。

逃暑

鬱蒸不掃悶生爐，盛夏真疑下火如。
一罐冰啤涼沁胃，偷來溽暑片時舒。

鬱蒸，盛熱。
冰啤，冰凍啤酒。
沁，浸漬也。

中颱海棠襲台

海棠呼嘯撲台疆，拔樹淹街挾雨狂。
汙穢人間合當洗，鯤南鯤北兩茫茫。

海棠，中颱名，由宜蘭東澳登陸，席捲全台。
茫茫，不明也。

和羅戎老偶題十四韻

海外瀛洲地，金風捲浪來。
臥思湘嶽麓，遙隔浙天台。
依楊人猶病，還鄉夢已灰。
春聽蕉葉雨，秋飲菊花杯。
卜宅臨荒道，披書養拙才。
淹遲差似馬，敏捷遜於枚。
面貌求多變，聲名賴眾推。
韶年擊缽去，警句奪元回。
烹鍊令文活，吟哦待理該。
平時詩卷熟，晚歲竅門開。
孱體嗟顏老，繁霜上髮哀。
樹喧歸夕鳥，樓寂掃微埃。
事往能生憶，辭新豈脫胎。
少陵沉鬱意，含咀試初裁。

瀛洲，海中仙山，此指台灣。
嶽麓、天台，二山名，一在湖南；一在浙江。
馬，謂司馬相如。
枚，謂枚臯。
推，薦舉。
該，備也。
脫胎，即規摹其意而形容之，此黃山谷之說。
少陵句，杜詩風格曰「沉鬱頓挫」。
含咀，含英咀華。

次韻答培錚詞兄

海外淹留客夢長，鯤南猶記水雲鄉。
拋書曾學江湖氣，插血遙離楮墨堂。
少日清狂周御史，餘生簡靜孟襄陽。
吾詩淺陋如曹鄶，琢對裁章遠李唐。

二疊韻奉寄毛谷風教授深圳

西陸蟬聲喝午頻，籬東叢菊是吾親。
偶看蘆白驚生雪，莫對楓紅誤認春。
能納雄川心即海，欲迴淳俗夢全塵。
愛君高詠隨風力，吹遍山涯與水濱。

淹留，久留。
鯤南，台灣南部。
周御史，周處，晉陽羨人，少縱情肆慾，州里患之，後力除三害，勵志為善，累官至御史中丞。
孟襄陽，孟浩然，唐襄陽人，為有唐沖夷簡靜之宗，世稱孟襄陽。
七句，黃山谷詩：「我詩如曹鄶，淺陋不成邦。」

西陸，指秋天，《隋書．天文志》：「日循黃道東行，行西陸謂之秋。」
喝，聲幽塞也。
淳，厚也。

涼夜

鏡裡衣衿不再青，養生有道寫黃庭。
閒居蝸舍身猶病，愁聽蛩聲髮已星。
慣以舊歡搖獨寐，都從寂謐度餘齡。
秣陵遙隔滄溟外，鍾阜秦淮託夢經。

黃庭，經名，記道家所言養生之法。
蝸舍，寒舍。
謐，靜也。
秣陵，今南京市。
鍾阜、秦淮，二地皆南京名勝。

二疊韻奉答佑民詩老

炙胸真覺火雲深，吟罷尊詩百感侵。
血染海棠驚寇盜，至今猶有厭倭心。

炙，炮肉也。
海棠，花名，按中國輿圖形似秋海棠，故舊以此喻中國。

淒梗

淒梗秋蟬訴霽晨，前廳墨竹最相親。
半殘早信身為贅，千偽誰知淚是真。
嶺陸奔來明倦睫，功名飛去作閒人。
餘生一事差堪慰，足蹶無須走世塵。

詩題，取本詩首二字為題。
霽，雨止也。
墨竹，風姿勁健，滿幅秋聲，為名畫家吳子琛所繪。

題寄所親

手泐洪喬誤，雙城電訊疏。
欲言求所以，安敢問何如？
留滯同為客，艱難獨對淤。
相思隔萬里，默坐只愁予。

手泐，函札。
洪喬，晉人殷羨之字，世稱寄書遺失者曰「付諸洪喬」，又曰「洪喬之誤」。
淤，瀲滓濁泥。

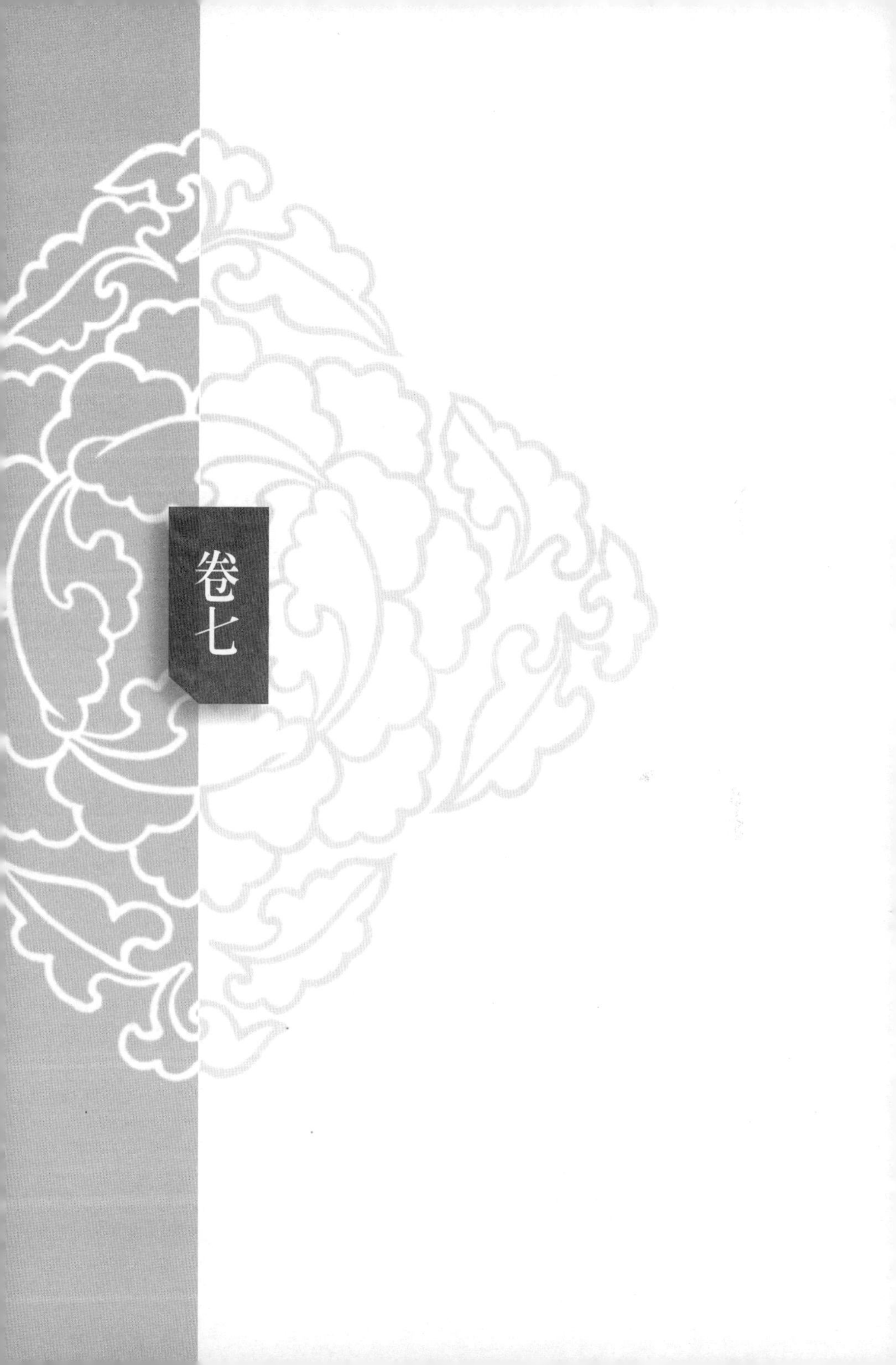

卷七

歸途即景

篙撐一潭碧，秋壓萬峰青。
何意雲淹日，長天晝渺冥。

詩題，新店環河道上所見。
冥，幽也。

中琫女弟贈蘭

閒寘前廳一缽花，宵來微馥助烹茶。
何須更誦詩三百，對此幽芳句自嘉。

寘，置也。
詩三百，謂《詩經》三百篇。
嘉，美也。

晴晝

橫亙鄰山送翠多，夕陽歸鳥託庭柯。
纏身有疾人先老，奮力為詩髮已皤。
節氣飛過驚白露，年光回溯記青娥。
郊坰卜宅林泉近，養拙披書默聽歌。

皤，老人髮白。
白露，節氣名。
青娥，喻少女。
卜宅，擇居所也。
披，翻也。

秋襟

孤獨相陪是藥鐺，前塵重省有滄桑。
披書何止三千卷，賡詠都過四十霜。
偶念餘生感惶恐，慣從少日憶清狂。
雙潭眠食安閒地，總被秋風惱客腸。

賡，續也。
惶恐，憂懼。
清狂，放逸之義。
雙潭，指碧潭、青潭。

曉晴

侵曉新晴好，窺簷鳥雀呼。
初沽八腳蟹，遠憶四顋鱸。
攤卷收朝爽，邀山到座隅。
烹茶待客至，吾意已先愉。

首次句，周邦彥詞：「鳥雀呼晴，侵曉窺簷語」，二句本此。
沽，買也。
八腳蟹，蟹有胸肢四對，故云。
四顋鱸，鱸之一種，產於松江秀野橋者最佳；顋，通腮。
隅，角也。

次韻戎庵詩老挽春吟補作

林立紺坊參眾神，萬夫雜遝問迷津。
詐民國事無真諾，媚竈官衙有佞人。
積土終期障狂潦，滄溟不忍見飛塵。
可能拭盡黎元淚，共挽瀛洲欲老春。

紺坊，僧寺之別稱。
參，謁也。
迷津，慨嘆彷徨失意，如同迷津。
詐，欺也。
媚竈，取媚於權臣。
佞人，卑諂善辯者。
六句，用滄海桑田事。
瀛洲，指台灣。

閒居遣興

坐對軒廊受好風，久罷沉痼忘窮通。
歸鄉要待烏頭白，接木初分鶴頂紅。
文積千篇法韓愈，酒攜十斛禮揚雄。
閒來了卻賡吟事，更與雛兒話浙東。

藥樓

樓外風蕭瑟，浩園秋已殘。
川湘遷客夢，蔬笋小儒餐。
得札愁何在，酬詩興未闌。
茶香支獨坐，聽曲溯前歡。

忘，平仄兩讀，不記也。
烏頭白，喻物理所無，示事勢之不容變易也；語出《史記．荊軻傳》贊注。
鶴頂紅，植物名，花譜：「山茶一名鶴頂紅」。
韓愈，唐人，工文章，為唐宋八大家之一。
揚雄，漢人，博學深思，以文章名世；其門人侯芭，嘗載酒問字於雄。

藥樓，寒舍名。
蕭瑟，秋風貌。
浩園，謂藥樓前之庭院也。
札，書簡。

龔稼雲丈輓詩

噩耗驚聞淚滿顋，雙潭草木亦含哀。
一行白鷺銜悲去，十里青山弔逝來。
賡詠何慚放翁句，著書能說少陵才。
嗟公化鶴歸泉下，拙稿憑誰更剪裁。

放翁，陸游之號，宋人，工詩。
少陵，杜甫之號；公曾著《詩聖杜甫》一書，榮獲中山文藝獎。
化鶴，去世。

立冬郊行

雨歇山禽啄晚虹，立冬輕軫御寒風。
臨潭水漾千年碧，沿路花栽一品紅。
游記多慚今棄子，高吟遠遜古坡公。
峰巒雄秀難摹狀，惟有默藏胸臆中。

御，迎也。
一品紅，花名，亦稱耶誕紅。
棄子，名詩人周學藩之字，嘗作〈礁溪紀行〉一文，鋪敘甚佳。
坡公，謂蘇東坡，宋人，工詩。

懷耀曾主任

雄州一隅地，眠食六年居。
杜酒何辭醉，莊書可悟虛。
聘人偏厚我，授業等分璵。
晚歲罹沉痼，黯然歸故廬。

雄州，謂高雄市。
杜酒，杜康之酒。
莊書，莊子之書。
璵，寶玉。
罹，患也。

日暮

夕陽下陵丘，缽花為寒勒。
鄰村一燈遙，歸鳥銜暮色。

薄晚一景，信手拈來。

冬懷

暘雨天光認晦明，經冬塵事亦堪驚。
杯中弓幻生蛇影，市上車過吼虎聲。
沉痼難歸遲海棹，餘年漸老負書檠。
禽流感已騰喧甚，草木瀛洲盡是兵。

頷聯，上句用「杯弓蛇影」事；下句言飛車奪命，有如市虎。
書檠，書燈。
禽流感，流行疾病名。
末句，用「草木皆兵」事。

素端女弟問詩

載酒遠來頻問疑，傾囊此日一論詩。
休將唐宋嚴分塹，深意清詞是汝師。

載酒，載酒問字，後人多用為勤學好問之辭。
三句，唐詩宋詩，各擅勝場，固不宜分疆裂土，強為宗派。

晌午不寐作

鄰山橫亙入望收，晌午壺杯試荈幽。
廊外聞歡生舊憶，花前引興了新愁。
朋來誰是陳驚坐，句拙吾非趙倚樓。
審稿一句分甲乙，塵沙真覺蔽雙眸。

陳驚坐，漢人陳遵，字孟公，豪放好客，列侯有與其同姓字者，每至人門曰：「陳孟公」，坐中莫不震動，既至而非，因號其人曰陳驚坐，見《漢書．陳遵傳》。
趙倚樓，趙嘏以「長笛一聲人倚樓」得名，故人稱趙倚樓。

朔風

朔風樓館對雲峰，坐久烹茶意尚慵。
剝得紅蟳最知味，酌來綠蟻好吟冬。
平生素重詩書畫，晚歲愈尊梅竹松。
孱體何當行腳健，再從禹甸補游蹤。

蟳，水族名，蟹類。
綠蟻，酒也，白居易詩：「綠蟻新醅酒，紅泥小火爐。」
孱，弱也。
禹甸，指大陸。

感事次佩玲女弟韻

鬱邑襟懷久不開，年來塵事有深哀。
誑民元首多浮語，貪墨高官實佞才。
雪裡白梅勞遠憶，霜前黃菊記親栽。
風濤寸嶼原吾土，近海鯨鯤莫浪猜。

雅文女弟過話

都講相過晝日晴，論詞憶事共茶清。
驚回三十年前夢，影壁燈黃話倚聲。

鬱邑，愁貌。
誑，惑也。
貪墨，猶言貪贓。
佞，巧諂善辯。
寸嶼，謂釣魚台。
浪，猶濫也。

都講，謂主持講學之事者；雅文現為政大助理教授，故云。
三句，三十年前，絜老常於「夜巴黎」茶樓，招客談詞。
倚聲，詞也。

得故人書 內附近照

移居郊野近鄰山，約堡書來慰晝閒。
斷夢重賡千里外，浮雲一別十年間。
離愁更比滄溟闊，鬱抱平添短髮斑。
荏苒流光驚歲晚，羞將老醜對花顏。

次韻維仁弟夜坐詩

朔氣彌天冷襲人，螢屏靚女獻歌頻。
滂沱樓外清塵雨，孤另燈前弔影身。
槐夢豐功原是幻，杏林病歷恐非真。
自嗟才力歸綿薄，難挽殘疆已逝春。

約堡，南非約翰尼斯堡之省稱。
四句，用唐人韋應物詩：「浮雲一別後，流水十年間。」
花顏，喻貌美如花之女子，李白詩：「後宮嬋娟多花顏。」

螢屏，指電視。
靚，妝飾。
滂沱，雨盛貌。
孤另，單獨也。
腹聯，上感人世之浮虛；下言中台十二醫師作偽證事。

風雲弟惠詩即次其韻

半昏庭樹鳥初回，嶺上閒雲付剪裁。
俄頃憑軒一燈遠，蒼茫暮色入簾來。

俄頃，猶言未久。
蒼茫，曠遠迷茫之狀。

問天

捫心試問天何意，鎖國今看世已非。
真感淳風六年改，恐教滄海一塵飛。
餘生欲躋雞公嶺，少日曾游燕子磯。
蓬嶠終難馬生角，西歸心事總相違。

三句，言陳某執政六年，淳俗日非。
躋，平仄兩讀，登也。
雞公嶺，山名。在河南信陽南。
燕子磯，南京名勝。
馬生角，《史記・荊軻傳》贊注曰：「燕丹求歸，秦王曰：烏頭白、馬生角，乃許耳。」

沉痾吟

韶年曾有青雲志，擬託功名喧姓字。
孰知刀棍動憑陵，遂使榮寵來非易。
拋書少歲習飛吟，尚帶三分江湖氣。
欲攻聯招急溫書，偶抱佛腳宿山寺。
上庠大道騁龍媒，錦繡詩文誇嫵媚。
標槍脫手仰射空，擊缽掄元天所賜。
沉潛八載博士成，考據詞章供腹笥。
講堂能展孟軻才，論學渾覺駑駘異。
雄州傳道何辭勞，猶記聽潮旗津地。
更移中壢雙連坡，黌舍絃歌答松吹。
乍罹頭風染重痾，卜築郭外安眠食。
東鄰潭碧北嶺蒼，節改都換鳴禽至。
螢屏鎮日消閒餘，還復懷人兼憶事。

沉痾，重病。
憑陵，恃勢陵人。
龍媒，駿馬。
掄元，猶言奪魁。
孟軻，即孟子。
駑駘，馬蹇劣也。
雄州，指高雄市。
旗津，小嶼名，該地多漁舍，位於高雄。
螢屏，謂電視。
沙蟹，西洋局戲，亦名梭哈。
貪墨，貪瀆。
兵燹，兵火。
祝融，火神。

偶為沙蟹邀朋歡，吾詐爾虞不損誼。
滿望為政繫民心，衙署宜少貪墨吏。
海門波穩祈直航，兩岸折箭申和議。
殘生但願平順過，寂謐心中凡貳忌。
既愁兵燹侵鯤嶠，又恐祝融毀宅第。
覆函賡詠聞歌柔，閒適啟我遺世意。
夜闌風止萬籟收，惟有舊憶搖獨寐。

國璋燕青過話

高陵重過誼最真，瓷杯分茗話前塵。
回思五十年來事，負笈難忘絳帳春。

詩題，畢國璋、王燕青二君，為余五十年舊識，今皆過花甲，垂垂老矣。
負笈，負書箱也。
絳帳，後世猶云講座。

信元朱玲來訪口占一首

釃茗分香暖入脾，一樓語笑凍禽知。
無端勾起華岡夢，猶記寒天授業時。

憶亡妻

頑痾甘守黑，濃荈助吟詩。
長記一輪月，清光雙照時。

詩題，三十年前，二生皆余文大弟子，今信元已為佛大副教授，朱玲甫自德返台，二生聯袂相過，茗敘甚歡。
華岡，在陽明山上，為文化大學所在地。
授業，韓愈〈師說〉：「師者，所以傳道、授業、解惑也。」

痾，病也。
守黑，語出《老子》，即不自炫之意。
荈，茶之晚取者。
雙照，兩人同為月光所照，杜詩：「何時倚虛幌，雙照淚痕乾。」

哭沈謙教授

識汝四十年，論交誼尤篤。
雋游溯前歡，歷歷猶在目。
東墩課諸生，西窗共剪燭。
茶釅眠合遲，筆健夢堪錄。
噩耗今乍聞，沉哀淚相續。
彼蒼妒高才，早終命何促。
叔世漓風遒，一歿幸免辱。
泉下文朋多，都是君所熟。

東墩，台中之古名。
西窗句，李商隱詩：「何當共剪西窗燭。」
叔世，國衰。
漓風，薄俗。
遒，勁也。

輓林耀曾教授 二首

六載雄州語笑親，聽潮望月憶前塵。
君歸泉下吾沉痼，存歿俱為客裡身。

原路一棺蒿里歌，含淒追往淚滂沱。
酒餘半甕莊書在，化鶴人歸奈命何。

雄州，指高雄市。
沉痼，重病。

蒿里，樂府相和曲。古之挽歌。
滂沱，雨盛貌，此以雨喻淚。
化鶴，謂去世。

初更

斗室休燈似宿棺，一鈎天外月將殘。
初更風定沉虛籟，朔氣穿帷夢亦寒。

朔氣，北方寒冱之氣。
帷，簾幕。

猛雨

寒雨來滂沱，萬矢催草木。
緣風濕簾帷，擊瓦盪心目。
不啻洗世塵，亦堪供詩腹。
其聲類繁絃，清晝伴煢獨。
偶然念官衙，換得愁百斛。
貪墨與奪權，拗狠如雨暴。
何當沐冬陽，瀛洲保嘉福。
長廊負晴暄，雞窗展書讀。

滂沱，雨盛貌。
萬矢，喻雨。
煢獨，孤子。
斛，容器。
貪墨，貪瀆。
瀛洲，指台灣。
雞窗，謂書室也。

陽明夜遊

記三十年前往事

陽明晚霞收，四圍漸潑墨。
重嶺影幢幢，羅列似簾額。
偶陪諸生游，同為踐宵客。
長隊接踵行，不畏篁徑窄。
廣亭燃燭光，照人粲如晝。
或取詩鐘吟，或向文虎射。
高歌驚宿禽，薰風來無擇。
陶然共清歡，雲盡山吐月。

陽明，山名。在北市近郊。
幢幢，籠覆陰翳之狀。
粲，笑也。
文虎，燈謎之別稱。

歲晚

殘臘寒流襲，蓬萊景尚宜。
梅花風櫃斗，樟木虎頭埤。
戶牖臨山近，詩茶答睡遲。
回思合歡雪，炫目凍生肌。

乙酉餞歲

寒舍消雞影，圍罏迓犬年。
有朋來餞歲，無夢去攀天。
話茗能生興，抛書暫作仙。
夜闌喧爆竹，詰旦待春煙。

殘臘，農曆十二月末。
風櫃斗，地名，位於中部，以產梅花知名。
虎頭埤，在台南附近，為一湖潭風景區，湖畔遍植樟木及相思樹。

詩題，西元二〇〇五年，即民國九十四年，歲次乙酉。
首次句，謂雞去犬來，一年又盡。
詰旦，明朝。

德儒初訪寒舍以詩見貽次答

春陽樓館笑談中，論學吾慚腹笥空。
杯茗遙堪分淑氣，缽花端合迓晴風。
賡詩髮已垂垂白，竭海桑將歷歷紅。
念亂襟懷成小聚，都知節見以時窮。

淑氣，春日清湛之氣。
迓，相迎。
賡，續也。
六句，化用「滄海桑田」事。
末句，文天祥〈正氣歌〉：「時窮節乃見」，句本此。

次韻瑞航弟之什

休從燕鯉計飛浮，滄海歸來萬里舟。
詩卷自然收嶺陸，春風何必勸登樓。

轉合句，謂蓬萊風光，自收詩卷，春風固不必多事，勸客登樓四眺也。

風雲弟贈詩次韻

紫氣攜來到藥樓，論詩啜茗意閒悠。
玉谿句法高千古，章脈堪居第一流。

仁青教授過話　七古

梅山逸士博經史，偶接高談消吝鄙。
早欽駢儷甲上庠，晚慕吟聲協宮徵。
春陰沏茗話滄桑，一樓語笑答風篁。
烹米芹豕供潤餅，且向筵前累十觴。

紫氣，春日祥瑞之氣。
藥樓，寒舍齋號。
玉谿，晚唐李商隱，號玉谿，其詩章法跌宕，才調無倫。
居，處也。

詩題，張仁青博士，號梅山逸士，花蓮人，祖籍廣東梅縣，工駢文，能詩，博經通史，名重儒林。
宮徵，五音曰宮商角徵羽。
篁，竹之統稱。
累，增也。

饒著《詩文寶島情》讀後

張岱書來倦睫明，高吟輕倩意猶清。
鴻文能繪湖山貌，鳳藻偶宣哀樂情。
閒倚崖松分石氣，愛聽風竹譜詩聲。
會當紙貴洛陽日，定使才名令世驚。

春襟

戶戶新桃換舊符，春回紫氣養青蕪。
已憐白屋元多怨，真感蒼溟漸欲枯。
群吏都為一丘貉，佞人合是萬年狐。
那堪沉痼閒成贅，試問楚西歸也無。

詩題，饒漢濱先生近著《詩文寶島情》，其詩輕倩流便，語近情遙，文則雲浮花放，純出自然，兩者相得益彰，洵佳作也。
張岱，著《西湖夢尋》，詩文並陳。
洛陽紙貴，今稱文字傳布之廣者，多用此語，典出《晉書．文苑傳》左思賦三都事。

桃符，古代習俗，每至春節，須將桃木板繪上神荼等神像，用以壓邪。
紫氣，春日祥瑞之氣。蕪，草也。
白屋，貧者所居。
四句，化用「滄海桑田」事。
一丘之貉，謂彼此平凡相似也，語見《漢書．楊惲傳》。
佞人，謂卑諂善辯者。
沉痼，重病。贅，凡餘賸者之稱。

跋

黃州詩法轉相師

張大春

我生也晚，不稱「老師」而稱「夢機」是失禮的。然而三十三年前在中興大學惠蓀堂，沈謙為我介紹與夢機初識，他就是這麼說的：「叫我張夢機！我沒給你上過課，不敘師生之禮。」當時我們是菸友，在那一場為期三天的比較文學研討會上，我們同沈謙一起抽了不下一條長壽。

菸名長壽，果爾欺人，之後的事可以直接跳過三十年——沈謙以中壽之身殂逝，我遂忽然想起夢機來。彼時我已近半百，和夢機有二十多年無往來，我們之間共同的朋友不少，初安民是一個。我同安民說：「很想見一見張夢機。」於是有了重逢，也有了替他打字、抄稿、和詩以成專欄〈兩張詩譚〉的機緣，遂也能在他這本集子的後面說上幾句話。

在這一段交往期間，我每隔一兩週，就登門向夢機請教一回，打聽打聽前輩詩人的妙法與神理，閒話閒說些古典詩壇的趣事珍聞，等專欄的內容議定，我每個月總得到「藥樓」去拿一次稿子，於是便悄悄地改了稱呼，我跟著安民一起叫他「老師」，他聽了、應了，也沒有反對的意思。所以，我還是該如此呼：夢機老師。

夢機老師在中文學界早負盛名，陳文華先生在〈不畏浮雲遮望眼——側記幾位台灣古典詩人〉一文中言簡意賅地縷述其師承如此：「夢機十七歲即從父執鄒滌喧先生學詩，入大學後，拜在李漁叔教授門下，並向吳萬谷先生請益。漁叔先生是當時詩壇祭酒，夢機從學十載，盡得其私秘，可謂衣缽相傳。」我在這裡能說的一點甚麼也就從「十七歲」、「李漁叔先生」、「衣缽相傳」這幾個關鍵字上開始一程演繹。

一九七六年，夢機老師在華正書局出版了《思齋說詩》，中收〈花延年室遺詩跋〉一文，文章作於此書出版的同一年春天，除了說明如何為李漁叔先生增編詩集之外，也寄寫了傷悼之慼與親炙之情，殊堪玩味。有一段文字提到夢機老師進

入大學就讀之後，即追隨李漁叔先生「從學為詩，凡十餘年」，正因為是入室弟子，乃得窺見先生之淵識孤懷，與詩作裁製之功。接著，是這樣的幾句：「憶向時先生卜宅臨沂街，曲巷背衢，門閒苔合，盆栽芸籤，自然幽絕。夢方負笈上庠，載酒問字，月必數謁。茗翠幾銷之頃，略諳黃州句法；花室吹香之際，飫領絳帷春風。」

所謂「略諳黃州句法」應該是從黃山谷的一首詩句而來。那是題名為〈次韻文潛立春日三絕句〉的三首組詩之一，其句曰：「傳得黃州新句法」。詩題裡的「文潛」即是張耒，眾所周知的蘇門四學士之一。他的〈立春〉原詩也有三首，皆屬應景抒懷之作，但是在這裡，我不憚辭費，把張、黃二人的原作都抄錄下來，為的就是稍後說明「黃州句法」的廣泛意義。張文潛原詩如此：

風光先著竹間梅，和氣應從九地回。
桃李滿園渾未覺，微紅先向寶刀開。

蒼龍闕角回金斗，文德門南散曉班。

車馬紛紛殘雪裡，鏤銀剪彩舞新幡。
天上春來誰報人，江山氣象一時新。
懶將白首簪幡勝，壽酒三杯慰逐臣。

黃山谷的和作三首則是這樣的：

眇然今日望歐梅，已發黃州首更回。
試問淮南風月主，新年桃李為誰開？
誰憐舊日青錢選，不立春風玉筍班。
傳得黃州新句法，老夫端欲把降幡。
江山也似隨春動，花柳真成觸眼新。
清濁盡須歸甕蟻，吉凶更莫問波臣。

很明顯地可以看出：黃山谷的和作在詩意上和張文潛的原作是不相干的，他開出了另一層次的主題——尤其是第二首，說的顯然是創作。在這裡，就不得不稍涉繁複地把黃山谷的第一首和作也作一解釋。

錢鍾書先生曾經拈出任淵等三人注《山谷詩集注》中此詩的一個錯誤。任淵先假設山谷此詩是為懷東坡而作，遂以「眇然今日望歐梅」之「歐梅」所指乃歐陽修、梅聖俞，因為一歐一梅，恰恰是當年東坡的「舉主」（主考而得以拔擢其人的試官），甚至推論：黃山谷借用王羲之〈桓公帖〉裡的最後一段文字：「當今人物眇然，而艱疾若此，令人短氣。」暗指不見「歐梅」等公之感慨。

但是錢鍾書卻認為：另按以此詩作於崇寧元年十二月中，當時黃山谷已罷太平州。《外集》載同年稍早時的六月，黃山谷在太平州作過兩首詩，其中之一有「歐靚腰支柳一渦，小梅催拍大梅歌」之句，此外，《木蘭花令》也有：「歐舞梅歌君更酌」之語，則「歐梅」皆是太平州的官妓無疑；所謂「淮南風月主」殆指張文潛，這就與歐陽修、梅聖俞二位已經過世很久的老前輩完全無涉了。

然而我仍舊不禁要問：像任淵那樣，把黃山谷的立春第一首解成為追憶前一年（元符三年，西元一一〇一）病逝於常州的東坡究竟對不對呢？如果錢鍾書之於任淵的糾謬成立，是不是說「已發黃州首更回」便非得指剛剛被「安置」在黃州的張文潛不可呢？此詩，乃至於以下的第二首、第三首皆僅此一解嗎？

我反而覺得：這第一首和作已經非常清楚地把「歐梅」和「黃州」都賦予了兩層意義。在張文潛和黃山谷這一方面，「歐梅」確乎是指官妓，「黃州」、「淮南風月主」也確乎是指張文潛；但是在追懷逝者的另一個層次上，同樣的姓氏，「黃州」，則更是東坡的代稱了——朱弁《曲洧舊聞》云：「東坡文章至黃州以後，人莫能及，唯黃魯直詩時可以抗衡。」只不過，將二公與二妓相提並論，「不可不令人捏兩手汗」，黃山谷之險峭如此。

也唯其將這第二個——也就是懷念東坡的——層次開出，我們才能把黃山谷寄託在「傳得黃州新句法，老夫端欲把降幡」的感慨和他寫於〈寒食帖〉之後的感慨聯繫起來，在〈寒食帖〉的跋文裡，他是這麼寫的：「他日東坡或見此書，應笑我於無佛處稱尊也。」同時，唯其掌握了於東坡亦徒亦友的蘇門諸子

對東坡的感念之無所不在，我們也才能從張文潛的貶置黃州，綰合這一整個世代的詩人追隨蘇東坡的腳步時所煥發出來的從容與瀟灑：「清濁盡須歸甕蟻，吉凶更莫問波臣」。

畢竟，夢機老師自道其師承的「略諳黃州句法」，不是一句任意為之的話。他在這一本《藥樓近詩》的序文裡用「傳統詩」這樣一個看來爭議性較小的語彙來標示他的詩作屬性——我們一般聽多了的名詞，不外是「古體詩」、「古典詩」或者「舊體詩」、「舊詩」。「古體」在語意上與「近體」相對，原本是傳統詩的兩個次類型，持之以為泛稱，極易與有明確意涵的狹義詞相混；而名之為「古典詩」，又實難見容於兩個層面的議論，一來人們實在很難以單一向度的時間觀念來範疇「古」的意思；二來更不容易說明今人書寫這樣的作品究竟如何稱得起「典」（classic）字。此外，由於「舊」之一字又常予人不能與時俱進的腐朽感，今人之能讀、能寫傳統詩者更頗不以詩名「舊體」為愜心貴當。

當一時代的主流所尚，連語體文、白話文都不能運用得明白曉鬯，遑論以文言語感為「骨格」的傳統詩歌呢？從語言轉變的實質內容上看，這些被歸之於傳統詩的作品，還自有花木代謝的內在傳統。無論把唐詩奉為「正宗」、將宋詩視同「變格」，或者像錢鍾書所謂：「唐詩、宋詩亦非僅朝代之別，乃體態性分之殊。」多少都在這「舊體」裡撥尋著盤根錯節的師法、義理、風格和境界。

大體而言，夢機老師親於唐而練於宋，健於律而深於古，在〈不畏浮雲遮望眼〉一文中所提及的鄒、李、吳諸前輩薰陶之下，作為自立以標一代的詩人，夢機老師的「略諳黃州句法」恐怕還顯示了一個「如何在傳統內部找尋出路」的判斷和努力。這也就是說：「略諳黃州句法」恰恰是「傳得黃州新句法」的一個延伸與比擬。以我粗略的認識，所謂「新句法」，在黃山谷和張文潛的時代，由東坡親炙所開發、光大的，恐怕正是後人視之以為宋詩自有之「體態性分」，也就是「刊盡浮采，獨存堅蒼」的語感。那麼，同一個「新句法」的傳承與恢闊的問題，在夢機老師所面對的這個時代又如何呢？

《樂樓近詩》的序文很短，很淺易，但是提出了一個艱難的問題：新詞彙入詩，如何才能夠不悖傳統詩「雅馴」的原則？夢機老師拈出的方法是「用了一些新詞彙之後，必須在上下文中，搭配一些典雅的詞彙或經史的故實，作為調

和。」這不是件容易的事，也很容易被誤解或偏導出公式化的操作，需要進一步申論。

讓我們從另一個角度來看「詞彙」或「新詞彙」該跟甚麼東西調和的問題。南宋詩人陸游的《老學庵筆記》有此一則：

今世所道俗語，多唐以來人詩。「何人更向死前休」，韓退之詩也；「林下何曾見一人」，靈澈詩也；「長安有貧者，為瑞不宜多」，羅隱詩也；「世亂奴欺主，年衰鬼弄人。海枯終見底，人死不知心」，杜荀鶴詩也；「事向無心得」，章碣詩也；「但有路可上，更高人也行」，龔霖詩也；「忍事敵災星」，司空圖詩也；「一朝權入手，看取令行時」，朱灣詩也；「自己情雖切，他人未肯忙」，裴說詩也；「但知行好事，莫要問前程」，馮道詩也；「在家貧亦好」，戎昱詩也。

這一則筆記被清代的袁枚抄了去，稍加補葺，收入《隨園詩話．卷九之五十二》如此：

世有口頭俗句，皆出名士集中：「世亂奴欺主，時衰鬼弄人。」杜荀鶴詩也。「今朝有酒今朝醉，明日無錢明日愁。」羅隱詩也。「一朝權在手，便把令來行。」崔戎〈酒籌〉詩也。「閉門不管窗前月，分付梅花自主張。」南宋陳隨隱自述其先人詩也。「大風吹倒梧桐樹，自有傍人說短長。」宋人笑趙師罩欲附范文正公祠堂詩也。「晚飯少吃口，活到九十九。」古樂府也。（見《七修類稿》所引）。「難將一人手，掩得天下目。」曹鄴詩也。「易求無價寶，難得有情郎。」女真蕙蘭詩也。「一舉首登龍虎榜，十年身到鳳凰池。」張唐卿詩也。「平生不做皺眉事，世上應無切齒人。」邵康節詩也。「兒孫自有兒孫福，莫與兒孫作馬牛。」徐守信詩也。「是非只為多開口，煩惱皆因強出頭。」；「自家掃去門前雪，莫管他家瓦上霜。」並見《事林廣記》。「黃泉無客店，今夜宿誰家。」見唐人逸詩。

從一個完全相反的角度入手，這兩則筆記提醒著我們：某些口頭俗語，居然是來自前代的詩作。在持論慣於求苛的敏感詩家而言，結論自然是「惡詩相傳，流為里諺，此真風雅之厄也。」（見王漁洋《香祖筆記》）

從王漁洋的這個論斷看，夢機老師在序文中所謂「壞在太俗」的根骨正是說明，詩之惡，不該歸咎於單一語彙之新（或舊或俗），仍然要在形成一個「雅言規模」時，諸般語彙之間的具體關係究竟是甚麼。在唐代，「鑰匙」、「抬舉」、「調戲」、「火化」大概都算新語言，是大量迻譯佛經的結果。雖屬新語言，卻能夠在極短的時間之內為使用者接受，其情也不必異於今日，是隨時在發生的事。在千數百年以前的寫詩圈子（想當然耳是知識階層）而言，新詞彙（甚至還是外來語）之所以能夠迅速入詩，乃是因為語彙之間的雅言規模有強大的內聚力，更直白地來說：詩人們有能力透過一首詩的結構糅和「家人語」和「士人語」。

很多時候，這種糅和不是詞彙上的，而是語法上的。比方說：「無人知是荔枝來」原本是一句語法清通明暢的大白話，可是它的前一句卻是「一騎紅塵妃子笑」——這一句拼貼了三個原本不相連屬的獨立意象，是高度精鍊的雅言結構，由這樣的結構，生煅在下一句的俗用語法上，形成極大的張力，這個張力，使讀者不覺雅之為雅；亦不覺俗之為俗。像是老杜詩：「久拼野鶴如雙鬢」之對比於「遮莫鄰雞下五更」；亦如樂天詩：「野火燒不盡，春風吹又生」之對比於

「遠方侵古道，晴翠接荒城」；我們耳熟能詳於「錦城絲管日紛紛，半入江風半入雲」，可以進一步發現這兩句的語感大異於「此曲只應天上有，人間能得幾回聞」；再如夢機老師自己的詩，倘無「煎鮭葵花油，燉肉龜甲萬」之質樸接濟，「語笑共酒卮，逸興更清遠」便是浮泛綺語，十分平常了。這個邏輯還可以從韋應物的〈長安遇馮著〉詩中得到印證：設若沒有「客從東方來」的直白，便不容易反襯出「衣上灞陵雨」的凝重。

以「在法鼓梵磬、經典木魚之間，略加幾盞日光燈，幾對電蠟燭」來指喻詞彙結構，也就是前文所謂的「雅言規模」之外，夢機老師還特別注意作為一個詩人的歷史地位，我們也可以這樣說：夢機老師論詩論人，也像他論詞彙一樣，注重的是一種結構性的關係，而非「某作有才，某事有骨」，即以定論。

《思齋說詩》裡的另一篇長文——〈杜甫北征與韓愈南山詩的比較〉——可以說是我多年來時時展讀的詩教範本。此文開篇即點出杜、韓兩詩比較之來歷，宋范溫之《潛溪詩眼》。范溫是秦觀的女婿，曾經直接追隨黃山谷學詩，而黃山谷又是孫覺（莘老）的女婿，孫莘老，就是「〈北征〉／〈南山〉孰優之爭的發起人」：

> 孫莘老嘗謂老杜〈北征〉勝退之〈南山詩〉，王平甫以為〈南山〉勝〈北征〉，終不能相服。時山谷尚少，乃曰：「若論工巧，則〈北征〉不及〈南山〉；若書一代之事，以與《國風》、《雅》、《頌》相為表裡，則〈北征〉不可無，而〈南山〉雖不作未害也。」二公之論遂定。

黃山谷片言而決此公案之時還非常年輕，十七歲——正是夢機老師追隨鄒滌暄先生學作詩的歲數——這個歲數的高才少年，可能並不知道「〈北征〉不可無，而〈南山〉雖不作未害也」也是相當凶猛的批判，後世之鍾情於昌黎者，未必不能有疑，更未必不能有辯。

但是，我反覆誦讀此文數過，發現夢機老師並非想要進一步作持平兩可之論，或者是在「不可無」與「不作未害」之間另翻一案，他寫這篇論文的用意是藉由不大可能獲致新結案的老爭端來析理出學詩者應該資之以為判準的欣賞能力。換言之，在較論杜、韓的皮相底下，他是在打磨著自己的詩學、詩法與詩格。而且，從行文的語勢和措辭的力度估量起來，我猜想夢機老師寧可要後世之學詩者更多一點瞭解的是昌黎，而非少陵。

我讀《藥樓近詩》，的確是較常想到昌黎而較少思及少陵的。想想：一個十七、八歲的少年，負笈台北讀大學，唸的是體育，他若是沒有撞上老輩裡還有宋代之孫莘老、王平甫那一類的人物，恐怕不容易得此風流蘊藉，更不容易在半個多世紀間成為引領不止一代人從事傳統詩寫作的巨擘。雖然他常在詩中說自己「病廢」，近年尤然，但是我不這麼想，我想的是深峭奇詭的韓愈，他有一篇〈送高閑上人序〉的文字，裡面有這麼一段話：

往時張旭善草書，不治他使。喜怒、窘窮、憂悲、愉佚、怨恨、思慕、酣醉、無聊、不平，有動於心，必於草書焉發之。

夢機老師的詩一向是有動於心而發之，專此一志，用志不紛，乃神！

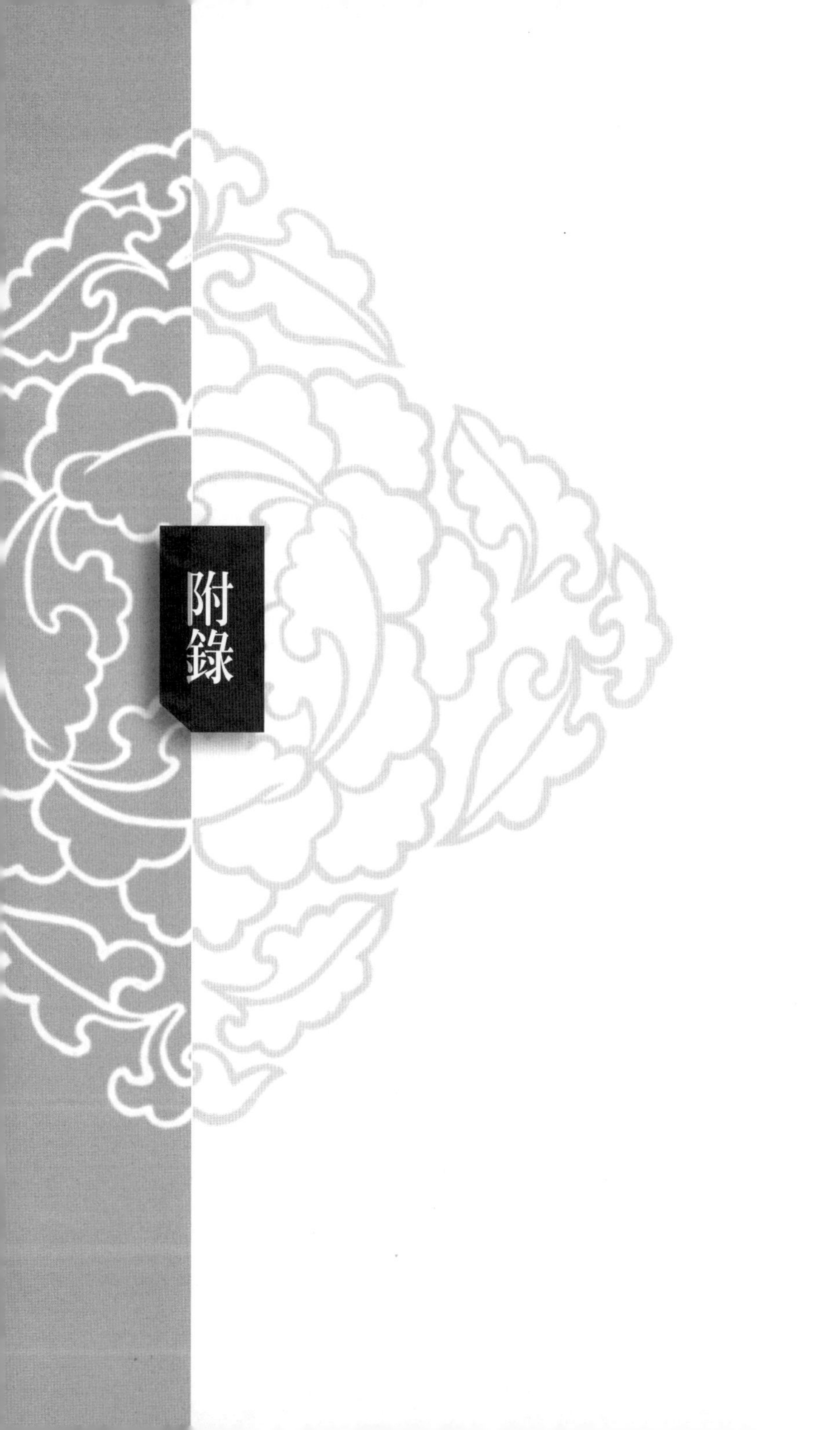

附錄

傳統詩的時代轉折與願景

——詩人張夢機專訪

黃鶴仁、楊維仁、陳麗卿、洪淑珍共同整理

代表提問人：林正三

張夢機教授由於腦幹中風已十幾年，行動不便，終日羈坐輪椅。自然也摒除許多無關緊要之俗務，更能專一沉潛於詩學領域中，創作量更為豐富，造詣上亦更為精進，未嘗不是上蒼對他開錯玩笑後所給予之補償。（原專訪編按）

■提問　□張夢機答

■今天最主要之訪問主題為「傳統詩（也稱「古典詩」或「舊詩」）如何與時代結合」，請張教授發表高見？

□就詩的創作言，作為一個現代人，即使是作傳統詩，也應該表現一些新思想、新內容，因此也就不能避免運用新詞彙。但用新詞彙要注意「雅馴」原則；「機車

噗噗滿街跑」、「打開電視有冰箱」聲調雖然無誤，但是壞在太俗。因此用新名詞入詩，要使該詩既不悖古雅性又符合時代感，才是佳構。如清末陳散原詩的頷聯「世變已成三等國，吾儕猶癖一家言」。按「三等國」在當時是新詞彙，「一家言」是太史公的話，如此搭配，古今調和，絲毫不覺礙眼。另外，作傳統詩最忌諱貪用「新詞彙」，尤其律、絕篇幅短小，假如句句貪用，固然能表現詩的時代感，但同時也斲傷詩的古雅性，結果變得俗不可耐。

（張教授並舉出其近作「山飛秀色來詩卷，人擇韶光付網咖」、「機邊滑鼠銷閒易，轍裡窮魚乞活頻」、「雄劍重揮誅馬首，黎民一怒砸蛇籠」等句，雖其中「網咖」、「滑鼠」、「砸蛇龍」等俱屬新名詞，然如此新舊搭配，即不會使人感覺突兀。）又如近代駢文家成惕軒教授，於駢文方面，亦稍能「新舊並用」而又典雅。

■對於時下傳統詩壇，張教授有何建議？

由於語音的變遷，傳統詩律，似乎已逐漸「不合時宜」，這個原因很多，譬如過去的叶韻系統，已不能照顧到實際的語音，國語的推行，直接影響到古入聲字的分辨等。類此情形，不但對愛好傳統詩的年輕朋友，造成極大困擾，同時對傳統詩歌的發展，也構成嚴重的障礙，讓傳統詩在國語裡生根，正是我們今後應當努力的目標。例如我們應該根據所熟悉的國語音，重加釐訂「中華新韻」，如「東、冬」韻的合併通押，「十三元」韻不同韻母者分押等。並且廢止古入聲字，利用國語四聲清楚分辨平仄（如一、二聲為平，三、四聲為仄等）使如果有興趣的小學生，可試作傳統詩；也讓社會大眾，作詩像吃飯那樣輕鬆方便，學習的障礙突破，一切都迎刃而解了。

■您可否告訴我們的讀者，中國現代詩與古典詩，應該在哪方面發生關係？其基本條件、共通之處何在？

□這個問題，牽涉浩繁，很難答得周延，我只能站在古典詩的立場，提供幾點芻蕘之見：

㈠在內容的表現上，古典詩比較強調人們的共感經驗，即使是以抒情為主的文學作品，也必然能寫出大家共同的心聲，共同的經驗。比較起來，現代詩以乎過於

強調自我內在經驗的表現，當然其中也確有不少高明的作品，無奈一般讀者缺乏與詩人相同的靈視與悟知，所以總覺得難以溝通，因此古典詩「覽一國之意以為己心」的優良傳統，實在具有參考價值。

㈡在風格的呈現上，古典詩比較推崇「拙」與「渾」，而輕視「巧」與「浮」。在中國藝術的美的範疇中，「拙」之美，是一種很特殊的審美趣味。樸拙的詩，有詩人淳厚的性情，以及一片觸手可感的真真實實的血肉。至於「渾」可以指渾厚，也可以指奇渾。它整個句子很均衡，沒有奇巧的字，給讀者是一種平衡、自然、寬敞的感覺，如望千里平野，一片蒼茫。現代詩發展到今天，大多數作者都能精確地掌握意象，運用高度的文字技巧來表情達意，他們詼詭的想像力，尤其令人讚佩。可是，作品的風格，似乎欠缺古人那種渾涵汪洋的磅礴氣象，以及率真醇善的樸拙之美。當然，現代詩的創作，自有其理論基礎，不一定要模仿誰，迎合誰，不過風格原可多樣化，回顧傳統，略資借鏡，也不會有什麼損害。

㈢現代詩人如果要從古典詩中採擷一些題材、典故、語言來使用，最好能夠加以變化，這樣才能收到陳熟生新的效果。濫用舊典，勉強裝飾，終不過是優孟衣冠，結果反而斲傷了詩的現代感。如洛夫先生〈邊界望鄉〉的第二段，又如余光中先生早期的作品〈碧潭〉，都是範例，可以參酌。

■**近來有些年輕朋友，熱愛古典詩，好將詩作貼在網路上，互相觀摩。這些朋友，才思飆舉，含有無窮創造力，前途實未可限量。您對這些朋友，在創作方面，有什麼建議，可以說說嗎？**

□坦白地說，我不懂電腦，也沒有上過網，我讀到的作品，是因為他們各自選錄佳作，結集出版了一冊《網川漱玉》，當時我感覺詩寫得聲切字穩，詞也醰醰有味。他們並要求我寫一篇序文，我記得曾對他們的創作，提供三項建議：

㈠作詩應該各體皆備，因此，除寫律詩絕句外，也應該多誦習古體，甚至排律，相信沉潛久了，必能詩藝大進。

㈡以新詞彙入詩，最忌諱貪使濫用，反過來說，必須熟知「截搭」的技巧，賦古典以新貌。如能這樣，詩作才既有時代感，又不致斲傷其古雅性。

㈢詞貴婉約，能言詩文之所不能言，故用字講究文小質輕；遣辭強調輕倩流便。縱然作豪宕語，也應當盡量避免粗獷叫囂。

■張教授，您創作古典詩四十餘年，其中一定有什麼訣竅，可否說來聽聽，也好讓初學者參酌？

□我作詩只有興趣，談不上什麼訣竅。其實詩要感人，只要有真感情、真血淚，或有極深的名理，就可以了。不過，造景方面，值得一提的是：有種手法，即所謂「化無關為有關」，可以產生「無理而妙」的修辭效果，譬如蘇東坡詩：「大瓢貯月歸春甕」；瓢本用以貯水，此處卻用來貯月，這便是「化無關為有關」。又如柳宗元詩：「孤舟簑笠翁，獨釣寒江雪」；老翁寒江釣雪幹什麼？當然是釣魚，但此句作魚字便死，不見精采！此詩以漁竿釣雪，便是「化無關為有關」。同樣的手法，我們還可造下列詩句：

一庭疏雨濕黃昏　五更春被角吹來
一竿秋月釣江波　銅鼓夜敲溪上月

小舟載滿詩歸去　山樵挑得夕陽回
詩奪南山霽色歸　畫船夜載一篷霜

「化無關為有關」，說坦白一點，就是「突破語言習慣的聯接」，它所得的藝術效果是「無理而妙」。一般說來，詩的「無理而妙」，多因於聯想的深微所致，其實它看似無理，但細想之下，又覺得它鞭辟入裡，像前舉東坡詩例：「大瓢貯月歸春甕」，只是因月映於水，瓢因貯水而兼能貯月，於實理可通。不過，使用這種「化無關為有關」的手法，須要特別注意「雅」與「通」的問題：「一竿秋月釣皮鞋」，就是不雅；「一竿秋月釣飛機」，就是不通。這樣看來，不是任何一種無關的事物，都可化為有關的。總之，這種修辭技巧，必須在觀念上有聯絡處，想像上有變通處，心靈上有滋潤處，才可相擬。

——引自《乾坤詩刊》三十六期「親近大師：人物專訪」專題系列

附：張夢機詩選

蝸廬

客裡光陰一睨過，上都消息近如何？
能賡高詠身非贅，只聽疏蟬鬢已皤。
教戰從知蘇軾少，見賢真感冉求多。
久耽磨墨看顏帖，自愛臨池不換鵝。

秋襟

天氣微涼雁不過，蝸居岑寂似山阿。
孤燈影壁泛紅暈，幽幔卷秋生翠波。
靜裡閒猶檢書卷，夜來渴欲飲星河。
庭邊蛩與樓心月，惹得離人涕淚多。

雨後

新涼萬里斂塵氛，已默霏微又夕曛。
搜句無才弔湘水，悼亡有淚哭秦雲。
泥深車轍喧呼去，葉重禽聲上下聞。
誰料閒居猶負謗，歸歟真欲臥煙熅。

追憶夏日作

擁翠林邱笑獨眠，蟬聲叫破午時天。
泉甘汲作烹茶水，荷小留為買雨錢。
自向楸枰習棋譜，偶從宴樂念冰筵。
寒暄互羨何時已？坐眺朱廊綠幙邊。

夜歸

襲袂寒流入夜增，懸天老月照丘陵。
久抛文案三千牘，又見山樓十萬燈。
河嶽九州徒在夢，窮通一念澹於僧。
車過橋上孤城近，認得軒窗薄霧凝。

玫瑰城即事

初陽樓舍斂微塵，眾綠沿庭漸已勻。
南國驚回千里夢，東君早賜一城春。
幾時佛日消三障，何處琴音濫四鄰？
莫笑此身成落索，書香山翠漫相親。

入市道中作

車行官道漲塵氛，叢竹飛青日欲焚。
夢去四圍皆嶺樹，愁來一割是溪雲。
樓形拔地參差起，人海生潮往復勤。
三載深居偶然出，稍從游衍廣知聞。

盛暑感賦

養生僻地買樓居，一舸歸湘計已疏。
多恐卵殘巢覆後，亦知甲老蝨生初。
湧來瞽說風前浪，揮去人才壟上鋤。
午枕槐安清夢裡，追涼誰復感浮虛。

山行

輕雷車是下山忙，官道縈紆夕樹旁。
燈亂乍疑星在地，月明莫訝夏生霜。
偶因獲赦心初放，真感賡吟興更長。
猶恐餘生為棄物，縱游未必計全荒。

晨起

天氣微涼風正淒，車聲往復藥樓西。
說殘曉夢鳥雙去，催老流年雞一啼。
書卷猶存甘落寞，頑軀多累要提攜。
邱山咫尺疑登戶，漠漠寒雲壓樹低。

析顏崑陽詩〈洄瀾夢土〉

張夢機

本詩作原題為〈花蓮詩社全國聯吟余忝為詞宗與諸詩家同賦洄瀾夢土〉。

洄瀾夢土

顏崑陽

坐想雲峰別有天，滄波織碧竟無邊；
已聞邱壑奇三界，更接青黃度九阡；
醉夢始通君子國，廟堂誰信馬蹄篇；
此邦原在風塵外，唯欠詩書酬自然。

作者顏崑陽，台灣師範大學文學博士，曾任花蓮東華大學中文系教授兼人文社會學院院長。公職退休後，轉任淡江大學中文系所教授。顏教授善寫傳統詩詞、古典散文，對現代小說與散文，無不專擅，可以說對古今文體俱精的全能作手。

這首詩的題目是〈洄瀾夢土〉，「洄瀾」是花蓮的舊稱；「夢土」，指理想的環境。花蓮詩社這次舉辦全國擊鉢聯吟，以此命題，想來是希望藉著詩人的筆墨，摹寫出花蓮這一片美麗的淨土。顏教授受邀為詞宗，與參加聯吟的詩人同作〈洄瀾夢土〉之題。

因此，詩的首句，先寫花蓮的翠嶺雲峰，別有天地；再說其地東鄰碧波萬頃的滄海，一望無垠，「織」字為詩眼，是全篇著力之處。頷聯則更進一步刻畫，上句言花蓮壯麗的山川，尤其是太魯閣峽谷，炫奇三界。三界，指全世界；下一句說花蓮的阡陌綿延，青蔬黃稻，連接不斷。既明溪壑之美，又喻物產之豐饒，淡淡數筆，已勾勒出花蓮一片美麗的圖像。

腹聯兩句由景入情，變實為虛。上句的「君子國」出自《山海經》或《博物志》，古籍所描述「君子國」中的人，都好讓無爭。按《山海經》所載的「君子國」，其位置大約就在台灣。可惜當今趨利鬥狠的台灣社會，實無「君子國」的風尚。說「醉夢」始能相通，言外之意乃暗示現實中無法達到「君子國」之境。這是何等感慨？讀來怎不令人歎惋？下句「馬蹄篇」見《莊子．馬蹄篇》描寫上古質樸的世界，人與萬物和諧相處，沒有人為開發，生態未受破壞，一片自然。可惜當今廟堂的上位者，不相信這種價值觀，以致造成人事傾軋，生態破壞的負面現象。這兩句用典而能善加變化，皆以反筆見意的手法，含蓄地表現了對現實生活的失望。

末聯回兜一筆，照應題旨，寫出世外桃源的花蓮原在風塵之外，所欠缺的只是以詩什書簡酬謝大自然罷了！這裡作者提出微願，希望詩人們多接近自然，並領略或讚許自然之美。

按擊缽詩的作法，大抵無論從正面描寫或者用側筆烘托，都必須句句到題。本詩前面四句，亟寫花蓮風物，令人十分嚮往。腹聯反用故實，雖然有些牢騷，但用意溫柔敦厚，不失風人之致。末聯回應題旨，並不肯隨人言語，大膽說出自己的意願，並希望當政者無需過度開發建設，只要能多重視人文之化，讓百姓都能以讀書陶養性靈，並悠遊於山水之間，以酬答上天所賜予的美好自然環境。細看這詩，沒有鉤章棘句的筆法，只用淺字清語來寫眼前景象及抒發感慨。腹聯感時傷事，用典也非常妥貼，使無窮哀感，都在虛處。趕至煞尾，以期盼作收，宕出遠

神。全詩深情澹寫，恰如其分地表現出花蓮的風貌，以及對現實的感喟。

這首詩用筆清㥦，章脈跌宕，句中有摹景，有議論，有期許，是一首難得的好作品。

——引自《乾坤詩刊》三十六期

析張夢機詩〈環河道中作〉

陳文華

環河道中作

張夢機

瀝青道路起輕埃，燭夜千燈隔岸來。
枵腹猶嘗秋寂寞，大橋不鎖水縈洄。
曾占微命殊非薄，誰料沉痾換此哀。
鷗外新墩明月在，山邊遙指小樓回。

本詩作者張夢機先生，十七歲即開始學詩，後入李漁叔教授門下，盡得其私祕，對詩意及字句的鍾鍊最為講究，造就其沉鬱密麗之詩風，在詩壇上建宗立幟，為當今台灣最享盛名的古典詩人。

詩題〈環河道中作〉，指的是自台北市通往新店的環河南路，也就是水源快速道路。作者自五十歲中風後，遷居新店玫瑰城養病，經常至台北就醫，本詩應該是某次就診後返家途中所作。詩寫得很閒淡，但其中悃悃不甘之情，卻充溢於字裡行間。

首聯兩句扣題，即寫暮夜驅車之景。路起輕埃，見車行之疾；千燈燭夜，見為薄暮之時。瀝青為新名詞，指柏油鋪設的道路。夢機近年詩作，喜以新名詞造句，舊瓶新酒，既不失古雅，又契合了新時代的環境，值得留意。又「燭」字在修辭上屬於轉品之手段，將名詞轉換成動詞，此一般用「照」字來得精緻，可見其鍛鍊工夫。

頷聯承續前意。一方面寫景，言車過溪橋。「大橋」，指碧潭橋，橫跨新店溪，是歸途所必經；一方面抒情，言腹飢心寂。時已入夜，難免飢餓，而節序當秋，唯有嘗此蕭瑟之景而已。這兩句最可玩賞的即是其中的「嘗」與「鎖」兩個詩眼，這是夢機的絕技，化無關為有關，造成「無理而妙」的趣味。

腹聯突起一意，在結構上是很大的轉折。說過去也曾卜過卦，算出自己並非薄命的人，怎料卻久病纏身，將此生換此深哀。兩句純粹寫情，就醫歸來，故有「沉痾」一語，而現實中雖已有此遭遇，但內心其實難以接受，遂以不可盡信的算命經驗來置疑。這當然並不是表示作者輕信命理，而是在申辯的過程中，把受到命運簸弄的不甘，充分的表露出來。而其表達方式，乃是以頓挫跌宕的筆法，以顯示曲折隱微之心情。

末聯回應詩題作結。鷗外仍就道途說，而山邊小樓，則已跌見居處，言其即將抵家。兩句語氣平緩，或可見其心情已趨平靜，畢竟家還是最佳的歸宿，故在明月伴隨之下，指向家門。

整篇作品，寫的其實是一個很普通的生活經驗，但因為有作者身罹重疾的遭際作為背景，所以情調上就顯得十分沉重。同時，作者能夠以豐富的藝術手段將全詩經營得精微細緻，也是其成為一首好詩的必要條件。

——引自《乾坤詩刊》三十六期

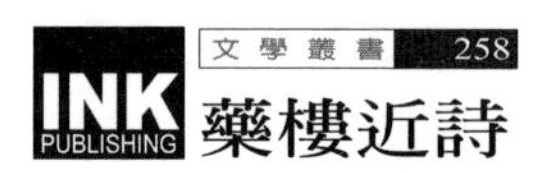

文學叢書 258

藥樓近詩

作　　者　張夢機
總 編 輯　初安民
責任編輯　丁名慶
美術編輯　林麗華
內頁攝影　丁名慶　丁名賢
校　　對　吳美滿　丁名慶　張夢機

發 行 人　張書銘
出　　版　INK印刻文學生活雜誌出版有限公司
台北縣中和市中正路800號13樓之3
電話：02-22281626
傳真：02-22281598
e-mail : ink.book@msa.hinet.net
網　　址　舒讀網http : //www.sudu.cc

法律顧問　漢廷法律事務所
劉大正律師
總 代 理　成陽出版股份有限公司
電話：03-2717085（代表號）
傳真：03-3556521
郵政劃撥　19000691 成陽出版股份有限公司
印　　刷　海王印刷事業股份有限公司

出版日期　2010年5月　初版
ISBN　978-986-6377-60-0

定價　300元

國家圖書館出版品預行編目資料

藥樓近詩 / 張夢機著 .--
初版 . --台北縣中和市：INK印刻文學，
2010.05 面；　公分. --（文學叢書；258）

ISBN 978-986-6377-60-0（平裝）

851.486　　99000445